图书在版编目（CIP）数据

中国杂文百部．当代部分．第3卷．叶延滨集 / 刘成信主编；叶延滨著．-- 长春：吉林出版集团股份有限公司，2013.1
　ISBN 978-7-5534-1149-1

Ⅰ．①中… Ⅱ．①刘… ②叶… Ⅲ．①杂文集—中国—当代 Ⅳ．① I26

中国版本图书馆CIP数据核字（2012）第288949号

叶延滨集
YE YANBIN JI

出 版 人	吴文阁
作　　者	叶延滨
主　　编	刘成信
责任编辑	金方建
封面设计	梁文强
开　　本	650 mm × 950 mm　1/16
字　　数	75千字
印　　张	11
版　　次	2013年3月第1版
印　　次	2020年5月第1版第3次印刷
出　　版	吉林出版集团股份有限公司
发　　行	吉林音像出版社有限责任公司
	吉林北方卡通漫画有限责任公司
地　　址	长春市泰来街1825号　邮　编：130062
电　　话	总编办：0431-86012893　发行科：0431-86012770
印　　刷	三河市华晨印务有限公司
ISBN 978-7-5534-1149-1-02	定　价：28.50元

版权所有　侵权必究　举报电话：0431-86012893

《中国杂文》(百部)
总 序

刘成信

一

　　人类的文学艺术,源远流长,丰富多彩。随着社会的推进、发展,其分门别类日益精细——从最初的歌曲、舞蹈、神话、故事等逐步演绎出诗、散文、小说、戏曲。直到上个世纪初,科学技术与文学艺术融合,又有了电影、电视剧等。

　　有一种文学艺术虽然在中国问世两千余年,由于后人未给予"名分",以致到二十世纪初,才从文学艺术谱系中分野出来,这就是古老而年轻的杂文。

　　人类和自然界大体都遵循适者生存的法则萌芽、生长与消弭。两千多年来,杂文本应与小说、诗、散文、戏剧、音乐、电影等姊妹艺术一道,繁花似锦、根深叶茂。然而,它没有像先贤们渴望的那样,而是纤弱,时生时灭,时有时无,同其他汗牛充栋的文学艺术作品相去甚远。

二

　　时序到1915年,中华文学艺术宝库迎来新曙光,一个精灵出现了——杂文在多灾多难的中华大地,被一些先知先觉的知识分子接受了!

杂文这个新成员一俟来到华夏,其特性便与众不同——首先是符合社会发展规律,它主张顺应历史潮流。它不重复生活,不还原历史,不演绎过去,而最突出展示将来,预期社会走势,判断人间是非。

杂文一俟来到华夏,便告之,它向往和平、民主、科学、自由、平等、人道、富裕及真善美;杂文憎恶专制、昏聩、愚昧、野蛮、特权、贪婪、奴性、虚伪及假恶丑。杂文与其他文学艺术既相通又有自己的特性。

杂文一俟来到华夏,就融于文学大家族,与各种文学艺术形成天然的血肉联系。它不像小说刻画人物,而是粗线条勾勒人与事;它不像诗、散文等那样纤细、抒情,而是明白如话,开诚布公。但杂文能够调动各种姊妹艺术如寓言、故事、说唱、戏曲、元杂剧等"为我所用"。

杂文一俟来到华夏,它就友好地"拿来"社会科学乃至自然科学的多种文化元素。它不是政治学,但只有不迷失政治选择,才能解析身边社会的变数;杂文不是社会学,但只有掌握瞬息万变的时代脉搏,才能适应人间丛林法则;杂文不是历史学,但人总应拨开历史雾障,略知历史长河的走向;杂文不是生理学不是心理学,但它能解剖人性、解读人生、理顺人际关系;杂文不是方法论,但它无处不闪烁思想方法光芒;杂文不是文艺学,但它评价文艺现象既深刻又形象;杂文不是美学,但每篇优秀杂文无不抨击假恶丑,无不向往美、赞扬美……

理解杂文、认识杂文，才能与杂文为友，才懂得杂文的大爱。杂文真的是半部百科全书。

三

杂文打捞历史风尘，知耻近于勇。杂文对于文化批判，社会批判，历史批判，人性批判，世世代代惹来不知多少是非。

嫉妒杂文、讨厌杂文者，甚至欲将杂文从百花园中斩草除根，所以，杂文往往难以长成大树，多少代都不能像其他文学艺术那般枝繁叶茂。有人说杂文偏激，有人说杂文片面，有人说杂文招惹是非，更有人对杂文产生各种各样的误解。以至于把杂文称之为乌鸦，恨不得把一切不祥之物都推到杂文身上。

杂文，曾为作者"惹"下多少祸根，有人曾因杂文葬送自己的大好前途，多少代杂文人曾为自己带来难以洗清的污秽。

然而，实践证明，杂文只能为民众造福，世世代代多少志士仁人，曾为杂文洗刷了一切不实之词，它为人们启蒙越来越受人们欢迎。

四

本书作者共计三百八十位，分当代、现代、历代。

我们试图把1915年《新青年》"随想录"诞生前的杂文划为历代，1915年到1949年划为现代，从1949年到当今划为当代。

1915年"随想录"之前称之为杂文，主要是根据作品性质、特点,而不是按刘勰在《文心雕龙》所谈的"杂文"。

当代作家选五十位,每人一部杂文,五十篇左右。另有合集十部,每部二十几位作家,共二百多位作家,四百多篇作品;现代作家二十位,每位五十篇杂文,七万多字,另有四十多位杂文作家,十部合集;最后选七十多位历代杂文作家,均为合集,每篇作品都有注解、题解、古文今译。

当代五十位杂文作家大体是根据五点遴选的。

一、杂文创作时间超过二十年;二、曾创作有影响的杂文作品在三十篇以上;三、曾创作经典性杂文作品;四、作品强调思想倾向的同时,艺术性也不为之忽视;五、曾在国内组织带领作家创作杂文卓有成就者。

二十多年来,我曾在助手们协助下选编各种版本杂文集五十余部,选编如此大型杂文丛书,对我是一种尝试,深知其难度。这部《中国杂文》(百部)整整花费我四年时间。杂文作品浩如烟海,读数百册杂文集、数百万篇杂文作品,难免挂一漏万,特别是这部大型丛书在国内尚无参照系,错讹在所难免,恭请诸位指正。

选编者 2012 年 11 月 10 日
于长春杂文选刊杂志社

自 序

叶延滨

1

找骂！缘由我又写诗又写杂文,于是有人不屑地:"你算老几？"

相当客气地装入了言外之意:皆因诗人应如天使般纯洁,杂文家应如道学家般严谨;诗人透明似水晶,杂文家城府如壁垒。而我不伦不类,不清不浊。

又有什么办法呢？要食五谷,就要为衣食住行操心;凡这类事,一旦流于笔端就成杂文;吃饱了总要想入非非,天马行空,不浪漫好像坐班房,写诗时的心态就如老百姓的一句俗语:"做梦娶媳妇。"

不算老几！我是地地道道的凡夫俗子。张开双臂向着天空想飞,双脚却长出根须扎在生活的土地里,这就是我和我的命运。不客气地说这是时代给我塑的像。

我看:这很不错哩。

2

有人总喜欢这样看我:掀开我的衣襟,找出我的疮疤,然后拍照放大,挂在墙上并注明这就是叶某人。脸没有了,脖子不见了,四肢省略了,我的尊容就是一块疮疙瘩。妙!

这太挤兑人了!我张开那照片上被删节掉的嘴巴,还没说话——

"看!典型的阿Q,有了癞疤还怕人说,可悲可悲……"摄影者叹气。

于是,我在这幅为我制作的特写照片下,写下一段"自我鉴定"——

"经医生检查这不是癌。这是细菌感染脓疮,由于体内抗体作用,已经脱疤,不影响今后生活以及生育。"这就够了。

3

我始终找不到一种"完整的自我价值"——像抹了一层与外界绝缘的釉彩似的洁白光生的瓷人儿那种纯粹的自我。

中华民族文化意识传统与现存民族精神中那种强烈的整体意识使我永远难以超然于世。

诗歌的天真与杂文的忧患,在向人们揭我的老底:这是一个永远看不破红尘的呆子!

——"我算老几?"我也常常这样告诫自己要少写点让人不快的文字,但总像戒不掉食物一样丢不下笔。

(**自注**:这是1987年我出版第一本杂文集《生活启示录》的序,二十五年过去了,仍是我的杂文创作的一个真实交代,故作为此书的自序。)

目录

唐僧的紧箍秘咒 ... 1
"观音阁"与"罗汉堂" ... 5
猫狗斗 ... 7
试论猪八戒 ... 10
听见"九斤老太"在喊"救救孩子" ... 13
建议出版《文革说文解字》 ... 16
包公铡了陈世美后秦香莲还在
　喊冤 ... 19
请教马克·吐温先生 ... 22
"斩马谡"与"打黄盖" ... 25
假如我来续《红楼梦》 ... 28
"对号入座" ... 31
名师与高徒 ... 35
代山水起草的启事 ... 38
没绝种的妾文化心理 ... 41
杂文开篇 ... 45

说牙	48
日本人是我不喜欢的老师	51
一不小心	55
观瀑布记	58
一副对联的联想	61
车祸	64
"一句话主义"	68
关于机会的实话实说	71
铁哥儿们	74
文章引文的有趣联想	77
品位	80
九不可为	83
读书的理由	87
从哪一头吃香蕉	91
"会海"中的八种"主流角色"	95
热情难以消化	99
小文人之小	103
两篇日记	107
茶会凉	111

追忆	115
灯灭了	119
星河与灯河	123
男人的愚蠢	127
睁眼闭眼	131
同行一程	135
不同你玩了	139
蝈蝈、骨牌与打草惊蛇	144
一个坚硬的泡沫	148
我的科学误区	152
"不……"的权利	157
从用屁股和红包思考说起	161
"剿灭小三"的秘笈	165
喝高了	169
情场之三十而立新论	173
一棵树,就是一棵树	177

唐僧的紧箍秘咒

唐僧取经西天，得到殊誉，众菩萨无不惊诧。此人凡夫愚氓，除元阳未泄是一童子身外，毫无专攻，更无特长，历九九八十一难，本是其徒孙悟空所建树。一个打着普渡众生旗号，鼠窃他人功绩，为自己塑金身者，竟登殿入莲座，怪哉！唐僧答曰："凭观世音授我紧箍秘咒耳！"劫难已过，无须徒儿再保驾，于是唐僧说出那令齐天大圣闻之色变的秘咒。众菩萨听后，惊叹不已。秘咒翻译过来，在现代汉语中仅仅是个关联词罢了，但神力无限，令人折服。

咒语一："虽然……但是……"

唐僧摸了摸肉乎乎的下巴："这石猴初出神山之压，颇有些目无师长，我常用此咒为其指点迷津，使徒儿有点自知之明。'虽然'后的话是彰其功绩，乃表面文章也。要害在'但是'二字后，要力如五雷轰顶——列举其历史之污点，家族之隐私，使之知己身份，俯首贴耳。"

唐僧左右顾盼，见菩萨们尚未悟透，就略举

二例念道:"悟空,虽然你除妖有功,但是莫忘了你罪孽深重,大闹天宫,犯过天条!""悟空,虽然你探路劳苦,但是你竟敢忘了你长着尾巴,无父无母,来路不明!"

众菩萨啧啧,唐僧那白净面皮儿如桃花般透出红润。

咒语二:"难道……吗?"

唐僧眯着眼睛,手里捻着佛珠:"用徒儿当然要用有能耐者,否则何必多化一份斋?能者自当多劳,多劳者必居功自傲。此时我就从其功劳中见其罪孽,将功劳点化为罪过。功者罪也,无功无罪,有功无罪,功大罪大,全凭这句神咒使之转化。"

众菩萨头一回听此经书上没有的深奥理论,个个愕然。唐僧淡淡一笑:"比如孙悟空棒杀了扮为樵夫的妖精,妖已除去,当紧的灭徒儿气焰,只需问悟空:'你说樵夫是妖?难道这天下千千万万的樵夫都是妖精变的吗?难道你还要伤害这千千万万的樵夫吗?'"

众菩萨心中默默念道:"功者罪也?功者罪也!"一个个眼睛瞪得溜圆。

咒语三:"纵是……也要……"

唐僧轻轻拂去袈裟上一只小飞蛾,怕伤了这小生灵,接着说:"悟空本顽石所化,难以指拨,要使他甘愿受罚，必须以强词夺其志。凡人常说：无功受禄。言之有理，这理的另一面则应是：有功受罚。棒杀妖魔，妖自该诛，然而诛妖者不也犯了杀生之罪么？此乃合阴阳相生共存之理。故而每次悟空除魔以后，我必念一段紧箍咒：'纵是妖魔该杀，也要罚你的杀生之心，也要罚你不能使其立地成佛，也要罚你轻举妄动。'"

众菩萨笑："各打五十大板。"唐僧正色："非也，妖魔理应大诛，徒儿理应我罚！非如此，何以为师?!"

咒语四："既然……必定……"

唐僧叹了口气："阿弥陀佛！好在这悟空不是天天斩妖魔，有时旅途倒也清静太平，但出家人不受磨难，哪能修成正果？这时我便相机行事，念'既然……必定……'咒，让其捧脑打滚，苦其体肤，劳其筋骨，炼其心志。"

众菩萨忙问："此咒怎讲?"唐僧答："有次八戒对我耳语，说悟空探路时调戏一个村姑。我心知此乃八戒以己度人的谗言，但何不借此打磨一下悟空的头角呢？我便念咒曰：'既然你师弟称有此事，必定事出有因；既然事出有因，必定你举动不轨；既然举动不轨，必定心有邪念；既然心有邪念，必定举动不轨；既然举动不轨，必定事出有因；既然事出有因，必定有你师弟说的这事。'"

菩萨们都被这绕口令般的神咒镇住了。唐僧双手合十:"此乃真谛:无中生有,有即是无;法无定法,无理是理。"

菩萨们终于一致认为:唐僧果真不凡,自当刮目相待!

1983年12月

"观音阁"与"罗汉堂"

旅游热，让一些冷落了多年的古寺古庙也热闹起来，鼓钹喧鸣，香火缭绕，焕然重生。

本不必大惊小怪，以为又是什么迷信之风，尽管也免不了有迷信的成分，但既然其为旅游者开放，自然应当有点气氛才行，无鼓无钹无香无火的庙宇是不成其为圣地的。何况，迷信者把藏在家里焚的香火自愿奉送公众事业，以壮庙宇的气势，又何乐而不纳也！

闲暇时我也游游庙堂，因为心不虔诚，只好充当旁观者清的角色。多逛几回，也逛出一个发现，佛学上称为"悟"。我悟出的是"罗汉堂"与"观音阁"有两点值得研究的不同之处：

其一，观音阁香火不绝，神灯长明，功德箱里收到的钞票也颇为可观；罗汉堂虽游人如云，然香火清疏，更没有人为众罗汉捐灯油钱钞。

究其原因，想来进香者心中有数。

观音阁只有一位观世音负责，而罗汉堂里五百罗汉执政。如果神仙真有灵，那么求一位神仙，大事小事，由他作主，行与不行，也有着落；而在五百位主事面前，进谁的香？上谁的贡？开谁的后门？纵然某位罗汉对你有了恻隐之心，但要五百罗汉无一位作梗者才能形成个决议。

难怪，给观音磕头的人不少，而大罗汉堂里连个蒲垫也没有。

其二，观音与罗汉的表情不一样。观音态度和蔼，眼神温和，脑袋低垂，若听、若思、若有所应诺，但又态度暧昧，像听见又似没听清，像同意又似不答应。这样一来，烧香时你觉得有盼头，纵不灵验，也怪不得观音，因为她早就对你低眉缄口不语。

五百罗汉却个个态度明朗，或怒或喜，或狂或呆，或手舞足蹈，或闭目养神，或慷慨作好汉状，或拧过背来不理你的茬儿。反正不负责任，无求于你的香火供奉，所以，也不必掩饰，无心做戏。

得到这些发现，大喜。有哲人说："人按自己的面貌创造上帝"。我们聪明的列祖列宗，大概也是在这个世界上，发现过观音式的人物，罗汉式的人物，并且揣透了祈祷者的心态。

我向祖先躬身三鞠躬，谢谢你们留下的启示……

1985年8月

猫 狗 斗

久居都市，常听人谈及老鼠的猖獗。人类用机械的、化学的、电子的武器与老鼠作战，而鼠却依仗其惊人的繁殖力和超人的适应性，在持久的"游击战"中与人周旋。

鼠之天敌——猫，却大有退出这角逐的趋势。在我居住的这个南方都市里，小巷深处那些青石的街沿上，只要多由难见的太阳偶尔从云缝露出脸儿，就看见一只只肥得像小猪崽子似的猫儿们伏在门边，让阳光梳理那些油亮的皮毛。猫的伙食也实在可观，喝奶，吃油拌米饭，已是平民家的常事。连肉铺里卖猪肝的掌刀师傅，也都习惯地问顾客："老太婆，你老人家买肝子是孙娃子吃，还是刹猫食？"娃娃吃的割肝尖，剎猫食就搭一点筋头。

每每这个时候，我就想起我在陕北农村时，见识过的一只猫。

那时我们知青集体户养了一条狗，这狗小时候浑身雪白，像一团雪球，长大后，躯体颀长，四肢矫健，我们便给它取了个美名儿："达尔文"。每日喂猪食时,不论我们的猪窜到坡顶洼底,只要拖长声音喊:"达尔文!"这狗便从满山遍野之中把笨猪轰回窑洞,然后猪狗共餐。老乡们说:"狗是忠臣,猫是奸臣。"说是无论主人再穷,狗也忠贞不二,而猫是哪家炕头有腥臊,则往哪家溜。我们邻居的猫,就是这么个货色。那猫是主人花了一角钱从集上拎回来的,我们就叫它:"一毛钱"。

　　记得是过腊八那天,我从集市上割回二斤猪肉,还没下锅,"一毛钱"窜过土墙把那块肉拖过去。邻居老太太,从猫嘴里夺下肉块煮了给老头下酒。这"接受再教育"的一帮小青年,闻着邻家飘过来的肉香味儿,闷头啃着玉米窝头,那气呀!老太太得了便宜还卖乖:"养个猫顶个儿子孝顺,过腊八给咱老俩口弄回块肉,喷噻?"

　　知青也不是好惹的主儿。第二天,集体户的小马和小范,这二位在北京"蹲过局子的爷们",绰号"马桶"、"饭桶"的两个捣蛋鬼,一个牵着"达尔文",一个背着布袋和大伙一起上工了。走到结冰的河滩,"马桶"大声喊道:"各位老少爷们,请看这天桥把戏,劳驾帮助围了场子。"老年人一听一笑一摇头走了;后生婆姨家欢喜个热闹,几十个人真在滩上围成一圈。"饭桶"甩下手中的布袋:"请看忠奸大战!"

布袋里爬出的是怯生生的"一毛钱"。见到"达尔文"，撒腿便逃，白狗如箭一般追上。一团灰、一团银，两道闪电，猫在冰上打着旋儿。

那"一毛钱"无路可逃，无墙可爬，无枝可攀，看看就要被狗追上，猛然停住，耸起背脊，嘴里发出呼呼的吼声，其壮如勇士决斗一般。"达尔文"一惊，竟后退数步。对峙了寂静了几秒中，猫突然向人墙冲击，人们又尖叫起来，用手里的镢把猫驱回空地。

冰滩上又起旋风。募地，这猫伏在冰面，又猛地弹起，扑向"达尔文"，四肢紧紧抱定它的头，用牙咬住它的狗耳朵。这狗嚎叫着，在冰滩上打着滚，头左右磕甩，两只前爪拼命地撕抓着猫，猫终于摔在血泊中。"一毛钱"把腰弓了几下，无力地瘫倒了。它缓缓地举起右前爪，昂头龇牙，然后死去。

多少年过去了，我总忘不了这场恶斗，一想起这件事，我就自惭我的麻木。在那个年月，一场猫狗之斗是不足挂齿的小事，人的麻木何止在一只猫的死这样的事表现出来了，但这条只值一角钱的小猫，那临危无助的一吼，一扑，一举爪，使我们看到一个弱者刚勇无畏的精神。

1985年12月

试论猪八戒

偶然打开电视,正播《西游记》中《三打白骨精》一折。剧情可以倒背如流,不知为什么竟看得入神,屏幕上晃动些什么,其实并不重要。看毕我终于相信:一部《红楼梦》,政治家们当百科全书,才子佳人当恋爱指南这一真理了。

二十多年前,我还是个毛头小子。那时《孙悟空三打白骨精》的戏曲片,是反修防修的教科书,自觉在一片"金猴奋起千钧棒"歌声里,炼出了一个"砸"字。凡美好神圣的东西,似乎后面都躲着一个妖怪,于是砸起来也就心安理得。我砸你,你砸我,什么都荡然无存,只剩各种型号的棍子——这时,是悟出了孙悟空的哲学。

十多年前又看"三打",当作伤痕文学来看,看出白骨精是江某人,从而痛感自己当了愚氓,天天喊"进行到底",到底是差点让别个把骨头都嚼了——这时,是辨出了唐僧的悲哀。

往事如烟,挥别青春,我与这《三打白骨精》又都健在。此刻心也平静,气也和顺,再三玩味,此番品出另一体会：猪八戒煞是可爱，取经路上少了他万万不成。看官且三思——

孙悟空有本事，但是一介莽夫，面对白骨精这样的对手，只会挥棒就砸。一砸不行，二次照来；两砸不行，再来再砸，决不改弦更张。这不明摆一个有勇无谋？唐僧念咒，固然讨厌，但他竟然"拜拜"，回花果山去了。

照说猴儿可以回山，猪八戒自然可以挥泪别师父，回高老庄去当女婿。只准野性未改的猴儿称王称霸，不准打入凡尘的八戒怀念老婆炕头，这不公平。猪八戒虽想老婆想得心神不安，终以大局为重，舍了安乐窝，万里迢迢去劝猴儿。说真格的，这精神境界要比孙悟空高，用当今的话叫做：能够处理好集体利益与个人利益的关系。

八戒虽然本领不大，但以智补力，有时还大智若愚（难怪四川人形容某些人说："长个猪相，心里月亮"）。八戒智激猴王，理当羞死唐僧。唐僧自恃会念那么一段咒，屡犯官僚主义、军阀作风，破坏了安定团结，险误取经大事。猪八戒力不敌孙悟空，又没有观音在上面当后台，教那"一句顶一万句"的咒语，但八戒能动之以情，晓以大义，让傲慢的猴王屁股坐不稳；又能激将请将、搭梯下台，请回能人，挽回败局。一番举动，颇像一些电视剧中改革家们扭亏为盈的壮举。

《三打白骨精》这出戏，没有八戒还真玩儿不转。他充当了一个组织战役的指挥角色。

细想起来，八戒的有些毛病，也是可以谅解的。缺点无非三条：贪吃、爱睡、想老婆。要知道，八戒早已不是神仙，天蓬元帅贬下尘世，解甲归田一农夫；只是长得猪头猪脑，吓坏了高老太爷和小姐。对于他这个一身憨劲的庄户人来说，这三条缺点算个啥?!小农意识的最高理想："三十亩地一头牛，老婆娃娃热炕头"，不正是吃好、睡好、老婆好这三条么？

八戒确是可爱，因为他是这支取经队伍中，惟一一个带着浓厚农民意识的修行者，而且竟然走到了西天！

如果猪八戒有个档案袋，我想可以写上如下一句鉴定："在尖锐复杂的长征途中，经历痛苦的思想斗争，不断地克服了原有的农民意识。"

——猪八戒的可贵之处，愿人人都看见。

1986年3月

听见"九斤老太"
在喊"救救孩子"

  前两年的武功片《自古英雄出少年》中有一群武艺超群的娃娃，还有一个戴瓜皮帽儿并拖根猪尾巴辫子的喜剧小主角"大丈夫"。电影上映以后，市场上流行了一阵子"大丈夫帽"——瓜皮黑缎帽缀一根假辫子。小孩们戴上玩玩，可乐可笑，满街可见那大丈夫式的"辫子党"。

  不必大惊小怪，以为一顶带猪尾巴辫儿的瓜皮帽会导致张勋复辟。孩子只图好玩，新鲜一阵子丢进破烂堆里，不会一辈子当个满清遗少。值得注意的倒是，我们某些人在诚心诚意地满怀热情地将沉重的瓜皮帽儿式的陈腐观念，拼命地罩在孩子们头上。

  仅举一例，父母离异这对孩子是件痛苦的事情，我们希望这种事不要发生，但是当它成为生活现实的时候，怎样对待它呢？有的电影在竭力展览咀嚼这种痛苦。近日看电视，见一个唱流行歌曲的小歌手，声嘶力竭地宣泄那种孤独和苦闷，如果真能"流行",校园里弥漫这哭嚎腔……其实,谁也不需要人们去公开展览他们的隐痛,去揭结疤的伤口,孩子们也是如此。身在这种处境中的孩子需要的是对父母的谅解和宽容,也需要父母的理解与宽厚;需要的是分手的父母重新开始的生活,只有重新开始的新生活才能庇护孩子未来的希冀———一句话,不是教孩子们去为不会挽回的往昔沉湎于愁苦,而是让他们学会在不幸中乐观地向着未来。捷克影片《妈妈应该结婚》里那个热心为独身的妈妈找心上人的孩子,南斯拉夫影片《临时工》里那个要给自己找新爸爸而与妈妈有冲突的孩子,他们让人看了感到欣喜。他们的新观念———对父母的理解,自己未来由自己去创造的想法,恰恰是把不幸变为幸福的力量。我相信他们也哭过,但他们的笑更迷人。

新的社会制度,不可能消除个人的一切不幸。去展览这种不幸,甚至用旧道德去评价这种不幸,犹如鲁迅笔下的"九斤老太"在喊"救救孩子"。我们已经看腻了那种为儿子去守寡尽节,为子女去厮守一个自己不爱的丈夫这一类"东方女性"的道德典范。某些人也知道在今天站在贞节牌坊前去讲道说经吃不开了,于是他们借孩子之口去维护"守寡尽节,从一而终"的古训。

这样做法未免可恶,可恶在于欺负孩子;而

这种可恶，又因其诚心诚意而可悲。

根据张弦的《未亡人》改编的《秋天里的春天》，令人震惊——当儿子跪在母亲面前，阻挡一个苦了大半辈子养大了他的母亲去得到一个女性应得的幸福时，竟然是同一型号的调子："替你的儿子想想吧……"呜呼，真该"救救孩子"！救这个穿着西装搂着女朋友的年轻人，他的头上戴着一顶瓜皮帽，后脑勺上有一根猪尾巴一样的辫子！

旧道德的特征，是以一代又一代人的痛苦来维护某种观点的不变；新道德的特征，是以不断更新的观念来解脱人们心灵重负和唤起人们对幸福的追求。

人们啊，用新的道德观去教育我们的孩子，让他们懂得，不幸是可以变成幸福的；不要用"九斤老太"絮絮叨叨的噪音污染孩子的心。

写到这里，我仿佛听见"九斤老太"的声音："什么妈妈应该结婚？什么给自己找爸爸！那是外国家庭崩溃的产物，我不喜欢这样的孩子。"对不起，难道真的要让我们的孩子永远以你所喜爱的这种形象出现在世界上吗？——一个戴瓜皮帽儿拖着猪尾巴小辫子的"大丈夫"？！

1986 年 4 月

建议出版《文革说文解字》

"文革"过去了十年,从那个浩劫中余生的人们尚记忆犹新,出现了许多有益的建议:建议成立"文化革命博物馆",建议设立"文革国耻日",建议出版各种专著,什么《〈海瑞罢官〉案真相》、《"二月逆流"大事记》等等……

温故而知新,认真系统地总结这一场震惊世界的人类史上的大浩劫,无疑将是留给子孙万代的珍贵遗产。

然而,一件小事引起我的深思。我写的一首小诗被译为英语,在译诗的屁股上有一条小尾巴——注释。全文是:"牛棚——在中国文化大革命时期,囚禁受害者的地方。"

这个注释不能说不准确,但却少了一点味。什么味?时代气息也!如果要说清这"牛棚"二字中所包含的火药味、血腥味、迂腐味、荒诞味、辛酸味、肮脏味、野蛮味、人情味、凄凉味……恐怕要写一篇万言书了。

更何况,对于那些在"文革"后来到这个世

界的小公民们，就更难读懂这些比文言文更难读懂的文革专有名词了。我至今还记得父母早些年的感叹："你们生在新中国，长在红旗下，不知道旧社会的苦啊！"那时我们总嫌老人们太絮叨，现在我们的独生子女新一代，更难理解"文革"这个怪物了——首先是"语言障碍"，没有经历过这场大荒诞派杰作——"文化大革命"，要理解全部"文革语言"，难于上青天也！

不信试试，请你十岁以下的小儿子小女儿们看以下一段文字：

最高指示，万寿无疆，勒令，北京来电，最最最强烈抗议，三忠于，四无限，小爬虫，牛鬼蛇神，黑五类，红卫兵，炮轰，火烧，打翻在地，早请示晚汇报，黑帮，五一六，二月逆流，老子英雄儿好汉，滚他妈的蛋，样板戏，权权权，一月风暴，死有余辜，反到底兵团，联动，语录操，老保翻天，三支两军，文攻武卫，效忠信，反戈一击，打砸抢，破四旧，旗手，舵手，狗崽子，给出路，走资派还在走，红三司，蒯司令，五七干校，六厂二校，梁效，三家村，第一张马列主义大字报，串联，揭批查，挂起来，帽子捏在群众手中，右倾翻案风，炮打司令部，灵魂深处爆发革命……

且不说读懂这些奇文怪词办不到，就是能用

标点符号把他们点断也要算盖世无双的神童了。

一本《红楼梦》据说是一部中国封建社会的百科全书，因此养育了那么多的红学专家和教授。我想文化大革命这本书，我们的儿孙是一定要懂才行。我相信，今后一定会有"文革学"专家，"文革学"教授，甚至可以成立"文革研究所"、"文革博物馆"，但首先还需要一本通俗的《文革说文解字》，否则这荒诞的"文革"语言将阻碍后代们理解那个荒诞年月的荒诞事。

而我们的可悲，就在于我们许多人从荒诞中过来，竟然如此见怪不怪，如此麻木……

1986 年 5 月

包公铡了陈世美
后秦香莲还在喊冤

包龙图一声怒吼，王朝马汉铡刀咔嚓一响……（大幕徐徐落下，包老爷退堂，观众看客退场。）

但戏完了不等于事情了结。秦香莲用长长的水袖掩住泪脸，咕咚一声又号嚎着跪在包公膝前："青天大老爷，为民女做主！"包公惶惑不解："本官已替你做了主，铡了那厮，你还有何冤屈？"秦香莲答道："我千里寻夫，你把娃他爹铡了，民女不是水里捞月一场空么？"包公悻悻然："他欲杀你母子，你难道忘了不成？！"秦香莲反诘："你杀了我的夫君，夫为妻纲，我母子三人今后靠谁？不也是杀我母子三人么？"包公一愣："这……"秦香莲又说："陈世美无情无义，自然可恨，然而嫁汉本为穿衣吃饭，为啥皇帝可有九宫十八院，我夫君不可以娶妻纳妾？如允许他有三妻六妾，他何必以身试法？"包公的黑脸刷地变成关公的红脸："他是驸马，犯了欺君之罪！"秦香莲一声冷笑："噫——呀！你包青天是为皇上消气，并非为民请命哟！你若真是铁面青天，就该有个三纲五常的道理，我秦氏虽是平民百姓，但糟糠之妻不下堂，应为正房；那皇帝女儿虽是千金之体，总是偏房小妾。你不敢在皇上面前为民女争得这个名份，铡了陈世美——让公主守寡，实为欺君；让民女无靠，妄为青天！"包公暗自思忖，看来秦氏实为深晓大义的女子。秦香莲又是一阵抽泣："如今陈世美已为奈何桥上的孤鬼，我生为陈家的人，死为陈家的鬼，只求大人在皇上面前为我做主，赐一牌坊，千万要刻上我是陈世美原配夫人的清白身份，呜……"说完一头撞在堂上大柱上，香魂悄然归西。

（本来此事如此结局，才合情合理——合封建伦理之情，合三纲五常之理，然而这涉及皇上与包公，故而隐去——为尊者讳嘛。）

不过包公毕竟是清正廉明以维护纲纪为重的清官，据说他向皇上打了多次奏折，那奏折上的文言文翻译成白话，大意如下：

"陈世美原配夫人秦香莲是千古烈女，绝世节妇。陈世美欺君之罪该铡，但考虑不周，此案本应为秦氏正了名份。当初本官如能奏明皇上，让驸马也设个东宫西宫，既可维护公主体面，又可让秦氏有衣食之安。只怪本官一时糊涂，刀下未能留人。然而秦氏深晓大义，以身殉夫，维护了皇室尊严。倘若秦氏不死，为衣食而再嫁，为儿女而失节，岂不乱了纲纪人伦，耻笑于天下？望皇上念秦氏节烈壮举，封赐诰命夫人，树一牌坊，以示皇恩浩荡……"

据说此奏折没有批复，原因是公主从中作梗，于是牌坊也没有树起。

（秦氏阴魂不散，喊了几百年的冤，直喊到当今的法庭上来。）

刑事法庭法官："这是杀人案，当然应铡，不再复议。秦氏母女生活请民政部门安排就业。"

民事法庭法官："感情确已破裂，判离。秦氏改嫁不应受到干预，陈世美重婚罪拘捕另案处理。"

堂下的秦香莲仍在喊冤，法官们十分不悦，说道："有何冤屈，你可上诉中级人民法院。"

某中级法院受理了秦香莲的诉状，内容大意如下——"现在冒充我秦香莲的人太多了，那是些假秦香莲。她们有与丈夫同等的权利，可以有职业和收入，却来冒我之名；他们有婚姻法在手，可以踢开陈世美，自己另找婆家，却来冒我之名……我冤枉啊，我当年如有她们这等权利，我何苦抱个琵琶去哭开封府，我要抱着琵琶去当个演员，没准还在国际上得奖呢！请法庭为我申冤，我秦香莲不是那等挂在陈世美裤带上的人……"

——难怪秦香莲还在喊冤，她确实冤枉。

1986年11月

请教马克·吐温先生

（声明：本文所述事件绝非虚构，欢迎对号入座。谢谢。）

公元1987年8月24日下午，我和妻子收到一封奇怪的来信，大意如下：一位署名"半女"的人，说是替我养了一个儿子，我答应每个月寄给她三十元，本月的钱还没收到，请速寄云云……

忙看地址，信封署着：西安市古井街六号。真是绝妙，"横空出世"从西安钻出个儿子来！真够让人高兴的。妻子细心，笑我书生气重，以为白拣了一个儿子，叫我细心再读此信。我细读一遍，才品出其中意味，于是拉着妻子让她与我一道去找一个人。"找谁？""找马克·吐温。""干什么？""请教他如何处理这种怪事！"

于是我与妻子敲开了马克·吐温先生的公寓，以下是谈话纪录。

马克·吐温："真有意思！当年我竞选州长，有七八个不同肤色的孩子叫我爸爸，现在你也赚到一个，真不赖！"

本人:"就怪你写了篇《竞选州长》,让人们学会此招,我这件事,你要负责任的!算了,你书上没写你是怎么脱身,请你告诉我,我也学你的办法好了。"

马克·吐温:"我把那几个孩子全认下了,带回家去,不到三天,急红了眼的妈妈们就都上门请罪来啰。"

本人:"可是这个孩子和孩子他娘天知道在不在这个世界上。"

马克·吐温:"对付暗中捣鬼的黑暗的动物,最好的办法是让他们晒太阳,谁叫你是个作家呢?谁叫你写让人不愉快的杂文呢?"

回家路上,妻子叹道:"到底还是生姜老的辣,马克·吐温面对七八个都不怕,只一个就把你吓得直冒汗。"

征得妻子同意,特在报纸公开复信如下:

半女(女士或先生):

来信收到,勿念。据查实,西安市没有古井街六号,只好登报作复。

你所述的那个"儿子"的生活费问题,建议你向法院起诉解决,以便我能见识一下你(先生或女士)的尊容。想必那是一次愉快的会晤。

专颂愉快!

叶延滨 启

(篇末敬告读者:君若遇到此类事件,均可请教马克·吐温先生。马克·吐温"竞选州长"遇到的事情,当你被提拔,要调资,或者有点名气,或做出点成绩时,都有可能遇到。切莫心急上火,借一句古诗:"谈笑间,樯橹灰飞烟灭",不信?请一试。)

1987年8月

"斩马谡"与"打黄盖"

好像在报上读到过这么一则花絮消息，说是日本某些企业家把《三国演义》当成办企业搞管理的"圣经"，从中悟出许多管理企业的招数。读到这则消息，我脑子里就冒出一个念头：《三国演义》里有惩治官僚主义的办法吗？

耳边紧锣密鼓，一出《失街亭》的剧情在脑海浮现，马谡哭丧着脸站在面前。唉，马谡算官僚主义吗？不从实际出发，玩忽职守，造成重大军事损失——对得上号；然而……在我脑海中天知道为什么钻出了一连串的"然而"，这些"然而"，演出了一场新的《失街亭之后》。现将这幕戏的情节交代如下——

（孔明坐在军帐正中，两侧文臣武将，两名军士将马谡带上堂来。）

孔明：马谡自作主张，山上扎营，致使我军伤亡惨重，贻误战机，当按军令状执法，推出斩首！

"然而"甲：军师请息怒，马将军虽犯大错，然而依山扎寨乃兵书上写的，有"文件"精神。虽然将军没有从实际出发，然而忠实执行兵法，也算尽职守责，不能全由他承担失败责任……

"然而"乙：军师请在这用人之际，爱惜将领。马将军这次错误严重，然而一生跟随军师，屡建奇功，望刀下留人，责令他将功补过……

"然而"丙：马将军虽兵败街亭，然而他还是奋力挽狂澜于既倒，不妨念其浑身伤痕、一片忠心，留他一条性命……

"然而"丁：将军有罪，然而他为忠烈之后，念其年轻……

众"然而"：军师刀下留人！！

孔明：这……这……这！这！重责四十军棍，下不为例！

执棍者甲：这怎么打法？打轻了，军师不依，打重了马将军将来还不报复小的?！

执棍者乙：呆子！举高一点，放轻一点，拍上四十下算了。退帐后咱俩再到村子里提两只母鸡煨汤给马将军压惊，可以保咱俩无事。

（在两支军棍为马谡拍打灰尘时，大幕徐徐落下。）

且慢！有的读者会说："你这小子怎么乱改'三国'？这不是'挥泪斩马谡'，倒像'周瑜打黄盖'，串了味儿啰。"

问得有理。怎么串了味儿了？细细想来，是我的"习惯势力"在影响我的思维方式。现实生活中对于官僚主义，人们深恶痛绝；对于官僚主义造成的危害后果，人们痛心疾首。但很多地方在处理官僚主义造成重大损失的主事人时，却往往是不"动真格的"——"惩处"二字，往往删去一个"惩"字，处分一下，处理一下，如此而已。

其实，为官者，有权也有责，权大则责重！我们有些干部，只知用权，而不知用权者的责任。我想在反对官僚主义中，重要的一环，就是明确各级干部的责任，不敢负责，不敢立军令状者，在今天不配"当官"。

另一方面，惩治官僚主义应该成为一种制度，形成法规，否则，难以起到惩前毖后的作用。在这一点上，孔明先生就给我们做出了样子，一张军令状，堵住了许多"然而"的人情。

莫要把"挥泪斩马谡"演成了"周瑜打黄盖"，我想这是当今的百姓对惩处官僚主义的一种心态。

信笔写下这段文字，供有识之士鉴。

1987年9月

假如我来续《红楼梦》

你一看我这个题目，脑袋里准保会钻出一个呵欠："糟了，又来一个狗尾续貂的！"

对不起，朋友，我懂行情。现在狗肉看涨，狗皮裘服价钱也不便宜，真要找根狗尾，也并非一件容易的事。我拟续"红楼"，是续前头。这"前头"怎么个续法？且莫着急，我向你透露一下我的构思。

我准备将贾母减去五十岁。有位女作家谌容太小气了，让人空欢喜一场，才"减去十岁"。我不仅将贾老太太减去五十岁，而且还要替她减肥五十斤，让她芳年再现时身姿窈窕，变成病西施"林黛玉"，这是拙著第一部。在这一部中，读者将看到一个林黛玉式的少女，如何战胜《西厢记》中的诱惑，遵父母媒妁之言，变成荣国府第一夫人。拙著第二部，是将贾政减去三十岁，变成"宝玉"，尽管少年贾政也曾在一堆裙钗中荒唐数年，终于一心读圣贤，脱下纨绔换上朝服，成为荣国府的政治代表。第三部只好学谌容了，将王熙凤减去十岁，变成"宝钗"然后平步青云，成为荣国府的实权人物。

你或许要问："为何要写这贾母、贾政、王熙凤的青春史？是否受了青春片电影的启发？"笑话！不是有人说过《红楼梦》是一部封建社会的百科全书吗？最近我翻了一下这部百科，发现一个等式，我要写出这个等式的形成史，那就是：封建家长制＝贾母＋贾政＋王熙凤。

贾母是封建家长制的象征：血统之系，是以"孝"的旗帜团结大家族的不肖子孙。贾政是封建家长制的政治代表：门第之首，是以"忠"的旗帜使家族依附于封建势力的至尊者皇帝。王熙凤是封建家长制的实体：是贾母贾政的对立统一物，以最无廉耻最无忠孝最卑劣的权术手腕保障封建家长制中统治层的利益。

贾母、贾政和王熙凤构成了"三位一体"的封建家长制的模式即血统＋门第＋封建权术。

名著《红楼梦》是这个模式的瓦解的悲剧——接班人问题的悲剧。林黛玉没有变成再一个贾母，而是焚诗绝命，不续香火。贾宝玉没有变成再一个贾政，愚顽不化遁入空门——空门哪有门第？孤零零留下个薛宝钗，虽守活寡，名份已定，可变成再一个王熙凤，于是那套权术手腕还残留于世。

好个曹雪芹，在封建大厦倾塌之时，看到了地基下的祸根尚存。

你读到此，会愤然拍案："小子乱弹琴，一部《红楼梦》，岂能以这番荒唐话诠释?!"

且慢上火!

有言道：智者见智，仁者见仁，愚者见愚。我天性愚痴，长期对一种现象不解原由：在我们今天这个社会，搞封建门第不得人心，搞封建血统不得人心，而搞封建权术者，很多人却视而不见。其实，大凡搞封建家长制的人，总是先耍权术，一旦权力在手，门第及血统即刻提将出来。试以林秃子为例，他弄权术在先，一旦权力到手，就要百姓献"忠"尽"忠"，最后再抬出来个林立果，企图搞血统政治，走向"三位一体"。

现在搞封建家长制，贾母式吃不开，贾政式行不通，但并不等于封建家长制没有人搞了。有人搞，而且很多人多是在他那个"大观园"里仿效王熙凤。

写到这里，我也坦白地说一句，欲续《红楼梦》实在是干狗尾续貂的蠢事。然而时至今日，我们反对封建家长制的时候，反对封建意识的时候，只盯着血统、门第去批，实在要让曹雪芹笑话，笑话我们不知道大观园里有个没死的"王熙凤"——还有没死的那套凤姐儿的权术……

1987 年 9 月

"对号入座"

记得最早接触"对号入座"的故事,还是刚入小学。老师在讲台上告诉孩子们封建社会十分残暴,一个秀才因为窗外的风吹乱了桌上的书卷,随口吟道:"清风不识字,何必乱翻书",于是被清朝的官们砍了脑袋……

直到后来我才知道,喜欢"对号入座"的皇帝爷并非全是不懂诗书的草包,——比如极风流的乾隆皇帝,一生写下的诗词大概比李白杜甫还多。诗好诗坏另当别论,但至少不是外行。这位"内行"的"对号入座"有两个典型例子:乾隆四十三年,浙江举人徐述夔做诗有"明朝期振翮,一举去清都"句,乾隆以有反清复明之心的罪名,将徐满门抄斩。礼部尚书沈德潜写过一首《咏墨牡丹》,有两句:"夺朱非正色,异种也称王"。沈氏死后此诗才被乾隆看到,大怒,令开棺锉尸!被斩首和锉尸的两位并非反清义士,徐士诗中的"明朝"是指明天,沈氏诗中的"异种"是指不是红牡丹的种子;但以此说乾隆没懂其诗,我看也不全对。文艺作品一旦完成，读者对作品的理解与作者愿意相去甚远，这是文艺的正常规律。鲁迅谈《红楼梦》，说才子佳人和经学家、道学家、政治家各人有各人的眼光，这段论述十分精辟。因此，作为封建社会政治家的乾隆，他用政治家的眼光去理解诗，并且"对号入座"，以为"明朝"是指朱氏王朝，认为"异种"是涉及敏感的民族问题，均是可以理解的正常现象。

皇帝爷这种"对号入座"的结果能让人头落地，就在于皇帝有两种一般读者没有的权力。一是"唯一的解释权"，身为政治家的皇帝看见的皆是政治问题，于是他个人的见解就是政治结论。二是"唯一的专制权"，用杀头的办法来消除其"对号入座"后引起的不满。为了不让皇帝爷"对号入座"，当时的人就说过："今人之文，一涉笔惟恐能碍于天下国家，……畏避太甚，见鳝而以为蛇，遇鼠而以为虎，消刚正之气，长柔媚之风，此于世道人心，实有关系。"（李祖陶《迈堂文略》卷一）可见"对号入座"是一种有文艺作品以来就有的现象。当然也有免于文字狱的"对号入座"的诗文，歌功颂德的诗文让统治者乐于"对号入座"也！——这是另一种基调的文艺。

可惜，杂文从它一来到这个世界，在它的生命基因中就不带有这种"基调"。正如世上没有严肃的相声、批判的情书和抒情的数学等等，我们如果热衷于"歌颂性的杂文"即取消了其针砭时事的批判性的本质，那么就像太监不再是男人一样！杂文是批判的艺术和艺术的批判，是没有媚骨的散文。

这个时代仍需要鲁迅式的直面人生和现实的杂文，仍需要以冷嘲热讽的笔锋，指向社会生活中的阴暗面，指向民族国民性中的丑陋面。因此一篇杂文写得好不好，有一个重要的标志：是否让某些人能够"对号入座"——或是他自己"对号入座"，或是别人替他"对号入座"。

尽管有人说我们今天已不是"杂文时代"，只能把鲁迅笔法划归于敌我矛盾。但建国以来，不少杂文家因为某些人"对号入座"进入他们的杂文，而使这些杂文家知道"杂文时代"尚未结束，其标志就是扣在他们头上的各种帽子，及他们罹难二十多年的事实。

民主盛，杂文兴。一个民主的政府是欢迎舆论监督的政府，一个有自信心的民族是不怕"家丑外扬"，敢于正视自己落后面的民族。近几年我们各种报纸上杂文的繁荣，使我从这些小窗口上侧面看到了改革的希望。真的，如果一篇杂文不能让某些人"对号入座"，还算什么好杂文？如果我们的社会完美得没有阴暗面和腐败现象，改革岂不是庸人自扰么？

　　让人"对号入座"的杂文如果也该"对号入座"的话，我想：杂文一定和改革坐在一起……

1988年7月

名师与高徒

——拟小说体

某年某月某日在某名寺进行了一次辩论。寺院主持是某宗门派的开山大师。进行辩论的是这位名师的两位高徒。辩题为《名师出高徒》，辩论目的在于决定主持百年以后的下届主持。这种场面颇有点像美国的总统竞选和我们近来时兴的招标承包。闲话少说，现场转播如下——

徒甲："良禽择木而栖，敢投名师足下，必先心已向之。大师慧眼识才，若是愚顽朽俗之徒，焉能招于门下？入得名寺，如鱼得水，脱离功名风薰灼烤的沙滩，退出碌碌于食色的尘世，焉能不心清意静？再得大师教诲，每日功课修炼，琢玉成器，点石成金，人非昨日之人，心非凡俗之心。脱尽俗缘，六根清净，功在大师指点迷津，我等早得善缘——非徒弟们技高，实为大师德高所致也！"

徒乙："我常在早晚功课之暇，散步于寺内，但见暮鼓昏鸦噪，晨钟清鹤舞……"

说话间一群乌鸦哇哇地盘旋于寺内的古树之

上。众惊，又似有所悟，寂然。主持大师半闭半睁的眼中一丝光投向徒乙，脸上露出不易察觉的一抹笑意，不语。

徒甲："虽说是青出于蓝而胜于蓝，然求师必须尊师重道，切不可数典忘祖，自视高徒，心猿意马，干出离经叛道之事。名师乃数百年求索者的代表，一生心血凝做这册册经典，但领悟一字，可心旷神怡；若领悟一句，当受用终生；大师留下这十卷秘籍，我等虽只能得凤之一羽，麟之一角，足以广济天下，普渡众生。故而功课需日日做，典籍需字字悟，非如此，难以得大师真传，哪有高徒耳？我们都知民间有一俚语——大师的好经让歪嘴和尚念走调了。话虽粗鄙，倒可作为借鉴，一旦大师毕生心血毁于我辈身上……"徒甲语不成声，止。

徒乙："昨日我清扫殿堂，拂去了菩萨金身上的落尘，不知是否对菩萨不恭？今日我清扫庭院，扫走了古树飘落的枯叶，不知古树对此有何想法？"

大师面有愠色。徒甲暗喜，徒乙闭目静坐。

徒甲："拜师求法，乃是选择一条自觉与觉人之道。效法大师的言行，体恤大师创业的艰辛，珍惜大师给予弟子的今日，方能自觉；若为徒弟身上可见大师的神态，为徒者言语中可闻大师的声韵，为徒者何愁身后没有大师的追随之人——此乃代代相传的觉人之道。唯有如此，徒才是高徒，高徒才是大师衣钵的相传人。"

徒乙："有一事秉告主持，近日进香者众，患厕满，该请工匠扩修否？"

大师拂袖而去，众徒愕然。

数十年后，徒甲已是该寺的主持了，又在举行高徒之间的辩论决定下届主持的人选。寺院一切依旧，只是几十年前扩大的厕所近日又请工匠改为原样。主持看着这些忙碌的匠人："唉，他唯一的改革方案都被实践证明是错的，可惜！"倒也是，香火倒没断过，只是进香者少了，哪有厕满之患？

一水之隔，有一新寺院，是另一宗门派，香火颇盛。每当暮色降临之时，该寺主持立于山门远眺这座老寺，向故去几十年的那位大师行礼——尽管他不是大师的"高徒"，只是在那场"失败"的辩论后被逐出寺院的……

1988 年 9 月

代山水起草的启事

赞曰：桃李不言，下自成蹊。山水无语，有口皆碑。

夜宿某名胜风景区的宾馆，怕辜负了这片山水秀色，一轮皎月银辉，独步林间溪畔，其情融融。

万籁俱寂中忽听一声唏嘘长叹，左右顾盼，无人。良久，方听出是青山与秀水互相耳语。听完后我也心情郁闷。返回客房辗转难寐，起身伏案，写下这么一段文字，代山水将心事诉之世人——

吾等有幸被人们冠以名胜风景，实在受宠若惊。我等不过是平常之山，平常之水，山上几丛古树伴着一座古庙，滩中一湾碎石望着一挂瀑布。日出日落，晨钟暮鼓，松涛鸟啼，炊烟云雾，乃是自然天成，造化安排而已。

如今我等没有倾国倾城之色却引来倾国倾城之人，怎不受宠若惊；虽得宠幸但心中明白：山无神功，水无媚骨，人不为山不为水而来，是为自然天成的造化而来。

既为自然而来，我等自当欢迎。去者带走山水灵气，是汝等心中有灵犀；不过唯有一求，求手下留情，留下这自然天成的造化。

虽说是"诗中有画，画中有诗"，虽说是"书法神韵，行云流水"，然而题辞赋诗癖者众，我等苦不堪言，刀刻斧凿，满目疮痍。

题词癖者有三流——

长官体。百姓有语："官大会题字。"字好字坏不敢妄加评议，然而山水不是文件，谁都在我等脸上挥毫，年复一年，恐有一天举目皆是为官者"政绩"，而难觅山水真面目了。

名流体。世人喜好附庸风雅，请影视明星签名，请诗人作家题字，岂不是一件快事！此风势猛，殃及山水。名流兴许有绝技，但盛名之下丑字也生辉。名流毕竟如水般流去，丑字却难为山水添彩。

游客体。游客中多侠士，手持一柄水果刀，树上刻，柱上雕。我等如古代发配充军的囚徒，树也罢柱也罢均被打上"金印"。试问我等无缘无故受此冤屈，何时得以平反——恐只让"游侠们"的儿孙脸红也！

以上三流题词癖者，不知可曾听过这首民谣："山水美来山水秀，长官题诗诗不臭，名流题字字不丑，——脸皮厚！"

　　这是民谣，不可当真，也有以偏盖全缺乏辩证法一分为二的态度。好诗好字也是"人文景观"，我等哪能一概拒之山门之外？

　　唯有一愿，愿题词癖手下有情，莫让儿孙不识山水真面目，只因身在题词中。欢迎诸公光临！谢谢。

1988 年 9 月

没绝种的妾文化心理

我们这个古老的国家，几千年的封建统治使许多败腐的东西也被纳入了礼仪文明古国的伦理道德规范之中，以至于成为一种文化心理沉淀。在那些腐朽现象被历史荡出社会生活以后，与之相关的文化心理却不会绝种，还会幽灵般地出现在社会生活中，毒化着人们的心灵。比方说纳妾蓄婢本是极野蛮落后的现象，这种为满足某类男人动物性要求而制度化的对女性占有，本与"男女授受不亲"禁欲主义的封建礼教格格不入，然而以忠孝为旗号的"不孝有三，无后为大"之类的人伦纲常，让那些道貌岸然的这君子堂而皇之地蓄养女性奴隶。

纳妾是对女性尊严最无耻的剥夺，然而一旦制度化和伦理化之后，处于妾婢地位的女性形成一种畸形的文化心态——最彻底的无个人独立人格的附庸者的心理。比如，名份之争。那些同样依附一个男人的妇女，头一个是妻，称为正房，呼为太太；其余的是妾，皆为偏室，又因先后被纳的次序，称为二姨太、三姨太……这种名分表明她们在宗法关系中的地位等级，这种身份高低完全取决于与占有者之间的附庸关系，被占有的时间长短！再如，这种宗法关系中表明的地位，并不完全等于被占有者的实际地位和利益分配，于是"争宠"——俗话说"争风吃醋"，便成为被占有者之间矛盾斗争的主要形式。丧失了人格独立的人并不把矛头对准剥夺者，而是互相进行"窝里斗"。这种斗争的目的是"得宠"，就是在所有的依附者中使自己成为最彻底和最接近剥夺者的附庸品。继而窝里斗的胜利者便可以"窝里横"，成为既有奴隶身份又可在其它奴隶面前横行骄纵的奴隶总管。再如，这种宗法关系的局面解体，就其局部而言是彻底的——树倒猢狲散。当被称作家长者一旦哪口气上不来，皮之不存，毛将焉附？附庸关系一旦解体，大家各奔前程。《红楼梦》的结局，《家春秋》的结局，无一例外。

妾文化心理是一种社会心理，绝非什么封建社会的女性意识，而首先是统治者并由他们扩散于社会各个角落的一种文化心态。封建宗法家族是封建社会的细胞，整个封建社会就建筑于一种人身依附的宗法关系之上。在最高统治者皇帝的足下，女人如此，男人如此，不男不女的太监更是如此。皇家后宫毫无疑问是一个最完备的"妾文化心理场",所有的人——女人和不再是男人的太监们所有的人生内容无非是"争宠"、"得宠"以及"失宠"。朝廷,包括遍及天下的朝廷命官,我们称为"官场",这个"场"实际上也是大大小小远远近近的附庸者构成的另一个"妾文化心理场"。所谓官场斗争,不外是另一种争名份、争宠的"窝里斗",另一种得宠者的"窝里横",而由最高统治者的变更造成官场的变更"一朝天子一朝臣"……无一不是源于一种人身依附的文化背景。

皇帝和由他代表的封建宗法制度被中国人自己赶出了历史舞台,一代又一代人的奋斗终于改变了这个国家的面貌。政治制度的改变,生产关系的改变,使这个民族出现复兴的希望。然而在今天当这个国家适应生产力发展需要进一步推进政治民主的进程时,我们感到一种潜在的阻力——根深蒂固的传统观念中那些落后愚昧面正在阻碍变革的步伐,而其文化心理就是一种丑陋的国民妾文化心理。

纳妾已被法律禁止,三姨太九姨太之类的人物只能在电影小说中见到,然而,妾文化心理并未绝迹——习惯于对某某长官尽心尽力而不习惯于对法律和岗位尽职尽责,热衷于"窝里斗"把精力用于"内耗",一旦手上有点权力便给自己的亲戚亲信亲朋谋得利益以强化他们对自己的依附……我们把这些或称为"不正之风"或叫做"以权谋私",一反再反,清了又清,查了又查,总难以禁绝。除了其它原因外,有一种原因就是它有较为久远深厚的土壤,它根植于这个民族的长期封建宗法统治形成的文化心理积淀。

中华民族需要一种新的文化意识,在这场改革中,需要认真地加强精神文明建设,没有这个新文化的雄厚基础,经济无法真正腾飞。建国以来,一场封建大复辟——"文革"中几个小丑妄图重新构建以自己为核心的宗法统治的倒行逆施,对经济的破坏,如此惨烈,愿国人皆作为永远的教训。

1988年11月

杂文开篇

越写杂文越觉得杂文有一个从娘胎里带来的弱点，那就是片面性。于是有人就认为杂文不能只批评只揭短只针砭世事，还应该有歌有颂全面多样。然而，杂文的产生在于世上有不讲理的事儿引起了杂文家的创作激情，说丑点，叫做有气。有了情绪才有创作，然而有了情绪难免偏激。于是，心平气和的人们制伏杂文家的办法就是："片面性！"（比如："这是见木不见林嘛！怎么看不到成绩？看问题的立足点在哪儿？消极因素要正面引导嘛！说风凉话这里面有个态度问题！这是站在人民的立场上吗？……"）

近日总在琢磨着想个办法，做到既有"全面性"，又可以让我的杂文变轻装。

你看，电视一开播都有一个片头——雄壮的乐曲中，屏幕上出现五星红旗，首都北京，人民军队，农村风光，卫星上天，长城峻岭，立交公路，列车飞驰……然后推出"××电视台"金色字幕。

妙哉！本人得到启发，设计一个"杂文片头"。杂文没有视觉形象，还是学评弹吧，叫做"杂文开篇"。

考虑到国际国内形势每年有新变化，所以本人的"杂文开篇"每年一版，现向广大读者公布《叶延滨杂文开篇（1989年版）》——

国内外形势一片大好。

展望世界，缓和与和平已成为世界潮流。东西方对话有助于消除局部冲突，南北对话有助于改善世界经济秩序，苏联和东欧的改革已取得了令人瞩目的成就，两伊休战，东南区域呈和解局面……这一切让我们看到一个前景可观的有利的国际环境。

我国的改革进入了关键时期，整顿和改善经济环境将为改革深入发展创造更有利的条件，社会主义精神文明建设取得丰硕成果，任重道远，前途喜人。

天下兴亡，匹夫有责。在看到成绩的同时，也有不尽如人意之处，开展舆论监督，有利于国家与民众。然而，笔者才疏学浅，看问题难免片面偏激，以下短文，只是抛砖引玉，与有识之士商榷，应该说是供讨论未定稿，不妥之处，望批评赐正，这次我谈的题目是……

以上文字为《叶延滨杂文开篇（1989年）版》

全文，现将有关事项说明如下——

第一，本人在1989年发表的杂文，均以这"杂文开篇"作为破题。

第二，为节省报刊篇幅，发表杂文时，不再刊出"开篇"，请有兴趣读我的杂文之读者，复印和背熟"开篇"，在读杂文以前，务必先诵"开篇"，以防止片面性。

第三，版权所有，抄袭和剽窃者请自重。关于"开篇"这种重要发明，本人正在申请专利，一并通告，谢谢。

1988年12月

说　　牙

"牙疼不算病，疼起来要命。"这话我信后一半，至于"不算病"，实在是胡诌。前些日子一颗臼齿捣乱，害得我坐卧不安，跑了几回医院。医院的口腔科是最现代化的——钻、钳、锤、锉、刀、锥，"武装到了牙齿"地对付牙齿，足以说明牙病不可等闲视之，这是科学和医学公认的，不信请你去参观口腔科。

这叫我明白王蒙先生为啥说出"杂文是文学的牙齿"这句话。

我不知王蒙的话是褒是贬还是替杂文算命，反正杂文的属相是牙，难免少不了麻烦。你看鼻子下面这一小块位置的诸君：舌头软和，品性温驯，谁也喜爱；嘴唇多情，是外交官的材料，女人们还经常装扮它，逗人喜爱；牙齿动作起来，谁也受不了，被咬的难受，就是牙齿的主人也常用刷子给它清除污染，是个出力不讨好的角色。

杂文属牙，它就与有牙相似的功能与命运。

牙齿不能抒情如诗，抒情的事、谈情说爱的

事嘴唇包了。牙齿不能如小说编派故事来感动人，动人的事、歌唱的事舌头包了。牙齿的功能是咬是啃是咀嚼，所以杂文主要是为针砭时弊和抨击时事而作。

这就难免挨敲！在那只许唱赞歌说好话的时代，文学中不允许杂文的存在。回首往事，吴晗、邓拓、廖沫沙，以及更早一些的黄裳等著名的杂文家的遭遇就是证明。

清除杂文，并不能清除杂文所抨击的时弊。没有牙齿，人难免消化不良。没有杂文的时代，缺乏必要的来自民众的舆论监督那些腐败的东西必然会侵蚀社会的机体。

别小看牙齿，它不仅是健康的卫士而且是生命力的标志。当一个人满口牙齿逐渐脱落，那干瘪的嘴立即让人想起老态龙钟这个词。

民主兴，杂文盛。有些人也知道在今天的中国不可能废除杂文，但他们不喜欢鲁迅开创的五四以来为科学和民主呐喊的杂文，而要"非鲁迅笔法"的杂文。你要抨击时弊么？他说："要看到九个指头与一个指头的区别嘛！"你要揭露腐败现象么？他说："还要多说光明面嘛！"……一言以蔽之，这些人希望杂文不再针砭时弊和抨击腐败现象，而是以"歌颂为主"让人皆大欢喜的另一种"文学的牙齿"。

这是假牙!

假牙有时比真牙好看,整齐雪白。假牙也有假牙的用处。它可以托起嘴唇,消除那些衰老的皱纹,让老太婆找回徐娘半老的风姿;它可以撑起凹下的两腮,让面部的笑容恢复魅力。

文学的假牙也可以装点文学的门面。去翻一下历史,"大跃进"年代那些"气冲霄汉"的"杂文",不正是摆在历史博物馆橱窗里的一副副假牙吗?

今年是五四运动七十周年,五四开创的中国新文学不会丢弃自己的光荣传统,在国家民族大变革的时期,她将更健康地生长发展,愿她有健康的牙齿——更多的优秀杂文。

她不需要假牙……

1989年2月

日本人是我不喜欢的老师

我这篇杂谈原来的题目是《我不喜欢日本人》，文章还没写完，我的妻子作为第一读者已经发表严正声明："喂，你这文章不利于中日友好。"我答道："鄙人并非外交部发言人，喜欢谁不喜欢谁不会引起国际纠纷，你可以写《我最喜欢日本人》嘛！"妻子佯怒："你这不是给报刊主编添乱吗？何况，你这题目并不完全包含你文章的意思。"倒也是，还是现在这个题目稳当点。

日本人是我所不喜欢的老师，这老师引起我写此短文，是2月18日竹下登首相在国会答辩中再次否认日本在第二次世界大战对外发动的侵略战争。说实话，当我读到首相阁下说："关于侵略的学说有多种多样，以什么作标准，我以为就是在联合国的讨论中也没有做出决定。"我是骂娘了："鬼子腔！狼的理论！"当然，我骂娘无济于事，各国政府的抗议和批判让竹下登首相以言语表达不充分"重申侵略的事实不可否认"。这件事让我联想到几年来发生的修改教科书事件，参拜靖国神社事件，破坏中日友好纪念塑像事件……这些事件使日本人给世界留下了很不让人喜欢的形象。看来无论是一个人还是一个国家对自己的过去采取"健忘"的态度让人讨厌。谢谢老师。

　　日本人是我不喜欢的老师，我之所以耐心地尊称老师，是因为这个民族对自己民族遭受的苦难和痛苦、耻辱和打击从不健忘。广岛的祭火五十年来一直燃着，大战后美军占领时期的"黑色十年"日本人总不忘怀，北方四岛虽是弹丸之地，但日本人绝不停止归还的呼声。作为一个几乎被夷为废墟的战败国，日本人民靠自己的双手把家园重建，使其在经济上成为世界大国。厉害！尽管我不喜欢日本人，但我愿做学生。中国人近百年来遭的罪少吗？我们耻辱的烙印哪只有一个"广岛"——南京、上海、旅大……有多少个"万人坑"、刘公岛、圆明园……如果只是"把中华民族到了最危险的时候，每个人都发出最后的吼声，起来！起来！"当歌来唱，而不将民族精神着实地振奋起来，那么我们偌大的民族前途何在？

　　我不喜欢日本人却又认其为老师，因为我们曾多次挨过这个老师打，打掉了我们泱泱大国的体面与威风。这位老师欺负了我们的前人，这是事实。也在欺负我们今天的中国人，把"侵略"

说成"进入",并按此教育日本学校里的孩子。事情虽已过去,但我心里明白,如果没有国家的强盛,外交部的抗议只是一纸空文。明治维新后的日本政府用坚船利炮教训了闭关锁国的满清政府,得到了两亿三千万两白银的巨额赔款。这笔巨款日本人并不像它原来的主人热衷于修园子盖行宫,而是全部用之于办教育,据说明治天皇下令:"这笔钱一分也不许瞎花掉,全部用来办教育,办小学,就是在最偏僻的农村也要办一所像样的小学。"(转引自《人民日报》海外版2月10日)好厉害的老师,这件发生在九十年前的事情,今天仍然可以让我们好好学习。如果在中国大地上还是楼堂馆所如雨后春笋,而学校危房里学生吟诵"茅屋为秋风所破歌",那么我们难免还要为此交付更加巨额的"学费"。

　　日本人是我不喜欢的老师,但面对这位老师我无法逃学。首相竹下登刚给我上了一课,走上街头是巨幅的松下电器广告,打开电视又是"日立"、"三菱"小姐亲切的微笑。这让我记起那年在罗马的一件事。一位意大利司机问:"你们是日本人吗?""不,我们是中国人。""对不起!我太冷淡了,我以为你们是日本人。我不喜欢日本人。"他不喜欢日本人的原因大概有两个,一是日本产品冲击着意大利的市场,二是日本旅游者十分傲慢。唉，有啥办法呢？在这个更加狭小而竞争又更加激烈的世界，日本人是个不让人喜欢的老师——看来不仅对我。

面对世界，我们无法选择自己的老师，无论是喜欢还是不喜欢；但是，面对自己，中国人应该选择自己的命运，那就是坚持改革的事业……

1989 年 4 月

一不小心

现在一些人的嘴上常挂着"一不小心"这四个字,如同有事没事手上拎一只无线电话。"哎嗨!"先灾难深重地叫一声板,"一不小心这笔生意弄亏了二十万,这个星期算是没戏了这个月要想赚回来,又要费大劲了……"听懂了吗,不小心只是一个星期的一份小菜。"你说说,这算个什么事儿呀,一不小心出了名,早上睁开眼睛,不是闹钟在吵,是电话,一个接一个,电影厂的,电视台的,一开口就说大腕救我!还有什么影视广告公司的,连回答都不让你回答,就说照葛优打官司那等级的给你开钱,俗!凑什么热闹也轮不上他们呀……"这些话好像都是一个老师王朔教出来的。有一次我真的这么问了,你猜怎么回答:"对不起,一不小心和那位姓王的作家想到一起了,听说那主儿前几年还火了几天,怎么下海了?下什么海呀,有钱让他挣,让我们心上过不去,钱多脏呀,让拿笔的指头数那些脏纸头,一不小心摸上个肝炎艾滋病……"听到这位的侃功,我总觉得在这些"一不小心"中小心翼翼地露出了小人得志的张狂。一不小心成了大款,一不小心当了大腕,说出来着实有点潇洒劲,至于真的是不是活得潇洒,哪种答案说出来,也都很难让说这种话的人表示赞同。于是我倒想起另外的一些"一不小心"来。

中央电视台早间的"焦点时刻"曾经报道,湖南某县一位局长下乡,在基层干部举办的酒席上,把一个陪酒的喝死了。事后记者问这位局长,局长非常坚决地表明他没有刑事责任,因为"既无主观故意,又无客观有意",呜呼,大吃大喝"一不小心"喝死了人,这因工作需要,在公费报销的酒席上献身的,不知算不算因公牺牲呢?

那天,听一位省上领导作报告,他是半途到会的,刚开会时主持会议的同志就说了负责同志很忙。这是个学术会,领导来,大家鼓掌,话筒就从一张正说话的嘴前移到他的嘴前:"同志们……这个计划生育会开得很成功,你们中间大多来自第一线,劳苦……"没有人打断他的话,他自己忽然停下来了,左右看一眼,笑一笑:"一不小心,记错了,这是下一个会的,重来!重来……"他重新摸出一张纸:"同志们……"

某天,听到一位熟人在向我的耳朵送字:"哥儿们,你说这人一忙怎么就爱出错呢?昨天晚上，和我那个迷迷胡胡亲热着，那小妖精一巴掌把我扇出了她的家，说是我喊错了名字，你说这怎么一不小心就把日子和人都弄混了？"

某天，有本吹得很厉害的书，一不小心被我在书摊上发现了，于是想翻一翻，刚一伸手，书摊主人说话了："不买就别看了，太邪门了，一百个人来一百个人要看一眼，看完百分之一百的不买！"他一说我倒更有兴趣了，拿起一看，恍然大悟，此书封面封底印满吹嘘的标语，前头几页是一堆与名流的合影和领导人们的墨宝，一下子露出了三流文人的嘴脸。那位老板又说话了："你看没说错吧，我也是一不小心……"

"一不小心"这四个字还真的不只是挂在一些人的嘴上，真的一不小心你就会遇上让你琢磨出点味儿的事情，虽说现在不时兴说体验生活。

【原载1995年1月25日《齐鲁晚报》】

观瀑布记

当我从那个长长的"啊……"里所展现的飞流直下三千尺的瀑布脱身之后,我理所应当地写了一篇观瀑抒怀之类的文字。文字一般,也没法不一般,从古至今,文人在瀑布前那一点"啊"加起来可能合成比任何瀑布更为气吞山河的轰鸣,在这雷霆走动的瀑布颂中,我的,也包括你的,那一声喟叹,谁又听得见呢?于是在我"啊"完之后,不由得又"哎"了一声。这一声"哎",令我一下子想到同样也会"哎"一声的角色,在那个飞动轰响的瀑布前,我也没有听到它那一声"哎"。

那是一滴水珠发出的声音。

这滴水珠,曾也很有自我意识,它真切地感受过自己的存在。记得在冰川里苏醒那一刻,多么清晰地感到这个世界对自己的欢迎,那就是存在,那也是价值。这几乎是无可置疑的事。人们多少次用慢镜头再现那个时刻——一滴水从冰川一只乳突上出现、长大,然后滴落,溅起一串悦耳的钢琴声……之后是山泉,是潺潺溪流,是柳丝轻拂，是青鸟衔来的古寺风铃，是山姑望来的小船帆影。这一滴水在那些日子里，是安宁而悠然自得的，虽时有寂寞，但与自然天地和谐相处，也能叫内心安宁如镜。

但这不是水珠全部的生活，水珠也不能决定自己是不是这样一辈子。水珠大概就只有一瞬完全是自己——从冰川融出，掉在空中的那一刹那间。到了水流中，小溪也好，小河也好，水珠都必须成为其中的一员。和流水在一起，它虽然不再独立了，但毕竟知道自己还存在，还有着与溪与河同样的感受；如果水珠离开了溪河，它会立即消失得无影无踪。这就是水珠的觉悟，也是它的命运。因此，当河水流到这巨大的断崖前，这个水珠，也许是每个水珠都会发现它自己面对一个命运的难题，而这个难题它不需要决定也不能决定就有了结局，于是它只能轻叹一声："哎！"这个变故来得太快了，而我也只有在先记下这一声"哎"之后，才能回过头来讲"说时迟那时快"的思考。

"我会粉身碎骨的，一切都完了！""跳吧！也辉煌一回。""是跳到岩上去？还是继续在河里？上岩石逃过这灾，但下一步？在河里从今后一定永无宁日奔波冲撞！"……这一串念头也许如一台电脑高速运转，但这一切，在巨大变革到来之时，只是一声谁也没听见的"哎"，化作雾沫上一条七彩霓虹。

当我的精神回到瀑布前听到那一声"哎"之后,我发现我也被一股巨大的洪流所裹胁、所吸引,那是一种巨变时代才有的力量,让我们处于灵与肉分离,自我与忘我同样显示证据的状态。也许在所有的时代语境后面只有一个发言人金钱先生,竞争啊、事业啊、成功啊,最后都将分数记录在银行账户上;也许所有的快乐最后都需要一个承诺,那也是那唯一的发言人的承诺,这种承诺是在银行账户上做减法。我们的灵魂在理性占上峰的时候,不断劝诫我们跳出这股激流,然而我们的灵魂也有情感,它总在理性下课以后,高兴地鼓动我们去享受生活。上上下下,出出入入,在我们中有了一类新的时代英雄,他们与钱共舞,在潇洒地花钱,也被钱体面地包装,轿车、别墅、大哥大,让他们这些人变成这些现代"宠物"的牌子——李某某的轿车,张某某的别墅……个人就这么成了物品的名字!

滚滚物欲,如飞泻巨瀑,自天而降,啊,世界从来没有这么迷人过,个人也从来没有这么渺小,我们每个人在这历史景观面前,是在"啊……"呢,还是在"哎"呢?

1995 年 5 月

一副对联的联想

妻子给上幼儿园的儿子想了一副对联:家事国事天下事,百事皆知;文字数字外国字,一字不识。这一字不识过分了,基本不识要准确一点。引出了这对联是这么回事?孩子的外公从四川来看孙子,带着孙子逛北京,路过正在修建的妇联大楼,孙儿给外公介绍:"这里要开世界妈妈大会,一个国家派两个妈妈来。"经过新华门:"总理就在这儿上班,他常出去旅游。(我在一旁纠正:'是视察,不是旅游。')不对,是访问。不过,他每天七点要到电视台去参加新闻联播。电视台我也去过,不让小孩去新闻,我是去综艺大观,你在四川看见我了吗?"儿子说的这些事都不全对,但也不全错,至少当外公的会以为这是个天才。但这个天才是坐在电视机前的孩子都会表现的,他是电视保姆养大的,对认字识数极缺乏兴趣,加上当妈妈的常说:"一上学那字还认不够,让儿子快乐两天吧。"于是就有了上面那副对联。这大概是电视时代的特征之一吧,见识不少,文化不高。

　　见识与文化不一定同步，文化与精神也不一定同步。说心里话，现在一些文章开口闭口生命意识、生存状态，我就想这是一类非常物质和十分"安居乐业"的时代文字。我记起文化大革命中的一段往事，那时父亲成了黑帮分子，我在中学里，学校又被对立面武装包围了三个月，同学中被流弹打死的已有好几个了，在这个环境中，我强烈感受到生命可贵，当时我们中有一句口号："活到明天。"当时我特别爱读那些让人感到振奋的书，甚至是今天一些人认为有点粉饰的书，比方说杨朔的散文，那些文字让我感到活着真好。我实在不喜欢文化大革命，但我觉得活过这一段也不算冤。（写到这里，在一边搭积木的儿子正在唱"美丽的西双版纳，留不住我的爸爸……"）是的，我也不喜欢插队，但插队这几年的生活，我是不能忘怀的，不是怀旧，而是有点惊奇，惊奇自己在那种情形下居然活过来了。我经过插队，感到饥饿有时比死亡更强烈地影响一个人，饥饿是"活命哲学"最有效的老师。我在一个农民家以糠菜为主食过了大半年以后，我当时做梦都在吃，我当时最高的理想就是能天天吃个饱。在长久饥饿状态下，人所有的欲望、思想、情感都会被推到后面，你对生命会有最真切的体验，吃饱活下去。

　　我在电脑上打出上面这一段文字,我突然觉得这似乎成了一个有象征意义的行为。也许很多人和我一样,亲历过死亡和饥饿的个体生命一旦"活着",而且"温饱地活着",就是张扬自己的生命精神,而这个张扬又没有可能一纸一笔一书斋地理想化存在,面对的是电脑和这个电脑所代表的现代物质文明,这时,个人精神又面对前所未有的"压迫",理解了这一点,就会理解有关人文精神的那些时文。而我的儿子,那是个诞生于物质丰富时代的生命,他的电视保姆已经让他早已不是我的复制品了……

【原载 1995 年 10 月 20 日《大众日报》】

车　祸

　　我坐在这宁静校园里一座高楼第八层的宿舍里，安静的世界就在窗外。这个第八层，刚好高于所有的树梢，又低于任何一片云朵，让我的目光自由，也让我的思绪拖着长长的彗尾，向远方飞去。因为我静，我就误以为世界也静若处子。实际的窗外也许是另一个样子。目光直达那五百米外是建成不久的一条高速公路，车辆奔驰而悄无声息，像跑道上的速滑运动员，从我的右眼角滑出我的左眼角，一瞬如梦如风。对这一辆车而言，它却是在说：哇！真好啊。这个飞跑的世界，我与它，在这个无边无际的天地间，用这种方式相撞一次——它的运动与我的目光。这是安全的撞车，而我的思维此刻在另一条车道上，我在读周涛的《滇行记虚》；只是因为目光从书本上抬起来一下，我的目光便撞上了高速公路上的那辆小轿车，这辆小车撞击我的思绪，又让我从周涛的的思绪，跃到了我在云南目睹的一次车祸。那是我们从石林返回昆明的路上。刚修好不久的高速公路，有的路段还没能全封闭起来。车速很快，在路边有位老人牵着的一个八九岁的孩子，那孩子不知为什么挣脱老人的手，向路中间跑了两步，说时迟那时快，被前面那辆急驰的车撞飞起来。我们这辆车就在这车后面，只见那孩子像是飘动的鸟儿，从车前升起，汽车在他的底下穿过之后，孩子才落在路面上。这一切发生得那么快，像一部无声电影，我们还没有来得及定神证实它是真实的事件，这一切又远远地消失在车后的阳光中。快速行进中的车祸给我深刻的印象：人可以像鸟儿一样地作一次最后的飞行，然后就悄悄从这个世界消失。这象征着什么？

  从滇行追忆再回到眼前的这条高速路，在它刚通车的时候，也发生过类似的车祸，有人嫌路边的隔离栅栏碍事，扳开它，在路上穿行。刚好有位记者在拍摄这个违章现象时，拍下了这一惨剧，那个人被高速行进的汽车铲飞起来。这个镜头在电视台的新闻中播出，让我感到惊奇。它用画面记录了一次真实的车祸而不是电影中作为特技的车祸。这是一个巧合，汽车的行进线、人的行走线与摄影机镜头的运动线，同时交于同一空间的同一点上。在这个可见之物的相撞后面，是三个思维运动路线相撞：汽车司机驾车时的思路、那行人想穿过高速路的念头与摄影记者的拍摄想法，在此时此地交合成事故。我认为这个新闻节目的价值，不仅仅在说明必须遵守交通法规，还在于它证实了几个目标各异的思路，怎样在互不相关的情形下共构一个事件，从而再次证实了偶然性中的一个特点，高速运动的思维空间同样可能出现"车祸"。就这个事件而言，三个人的思维如果不发生联系,不可能完成"一次车祸事件的记录"这个事实。但作为事件最重要的一条思路，还是那行人"横穿马路"的念头。如果没有这条思路，那么现实中的车祸也是可以避免的。这一点，正是促使我提笔的原因：人的思维也是高速运动，它也会和高速运动的其它事物一样，容易出现"车祸"！人的思维是高速运动的这一特点，有人能认同也有人不认同。从你正在看的我这篇小文章，你可以考察一下我的思路是怎样高速运行。也许不是每个人的思维都在高速运行，也许一个人也不是每时每刻的思维都在高速运行，但人的思维有高速运行状态，这应无可怀疑。因此，承认思维运行也可能出现"车祸"，是防止"思维车祸"发生的前提。大人物如此，小人物也如此。比如，曾经出现的"大跃进"与紧随其后的"三年灾害"是社会发展中的车祸，而在其先，也有决策人思路上的失误，也可以说思维运行出了"车祸"。再比如，前两年那个诗人杀妻事件，显然是人伦法理上的一次车祸，在此背后更有一个诗人思维出轨的运行事故。高速运行中，要避免突发事件，必须要两个前提：一是运行物处于正常状态，二是操作者处于正常状态。最讲求这点的是航空业，飞行器的安全检查绝不能放弃，也要求驾驶员心理是正常状态。昨天新闻报道说今后培训飞行员首先要对飞行员心理进行检测。这是一个重要信息，它让我想，在其它部门招收人员时总是只检查硬件"身体"健康，其实，软件"心理"是否健康也同样重要。高速状态下的现代社会生活中，心理运行出轨引出的"车祸"，实在是太多了。

1997年2月

"一句话主义"

过去有过"一本书主义",说是丁玲主张的,当年搞阶级斗争的时候,把这个主义批得家喻户晓。我就没听丁玲说过,我是从批判文章里知道有这个主义,后来见到丁玲也没问。从现在的实际情况来看,这个主义是保守了,中国作家协会发展新会员,就有一条:一般出过两本书……因此,结合实际地讲,"一本书主义"就是今天所说的"精品"战略,看来出精品这个主张,至少要从丁玲算起。

对作家来说,一本书主义是精品意识,当然不是一辈子只出一本书,而是一辈子能出一本精品之作。不能说,是精品了才能出生。这个想法可能让很多优秀之作胎死腹中,是骡是马,拉出来遛遛。所以书还是一本本接着出才行,一本比一本好才对。对于一个理论批评家来说,当然也可以实行一本书主义,其实还可再精品化一点,叫做"一句话主义"。一句话主义,就是说,你的全部主张,可以用一句通俗的话,让一般老百姓理解、亲近或者接受。文学家的理论如巴金的"讲真话",科学家的如陈景润为之努力的"1+1",政治家的如邓小平的"白猫、黑猫,只要捉住老鼠就是好猫",都是可以称为理论批评家"一句话主义"的典范。常听批评家说这样的话,一个诗人一辈子能留下一首好诗就不错了,一个小说家一辈子能留下一个小说人物就不简单了……其实他们说的就是一句话主义,我只是加了一句:一个理论批评家能说出一句自己的又能让老百姓接受的话就不容易了。

现在的问题是有一类理论批评家,他们的理论很正确,但不是他自己的。过去说是本本主义、教条主义或是什么"凡是"主义,总之在说伟人们放之四海而皆准的真理,却不管时间变了地点变了实际情况也就变了。有些这样的批评家,自认为说的是某某领袖或某某权威说过的观点,于是自己也就有了理论权威似的,这是一个很可笑的思维方式。至少毛泽东当年反对过,邓小平也反对过。在今天,读某些理论批评家的大作,从头到尾,都是别人说过的正确理论,没有一句是作者自己的知识产权。读这种文章,会产生这样的效果,每一句都正确,但读完了不知作者自己想说什么。好像是参加一个讨论会,知道了先哲们领袖们对这个问题曾有过的一些观点,却没听到作者的一句发言。

还有这样一类批评家,他们说的都是很新鲜的话,如同新上市的豆腐,新上架的时装。头一回听,耳生,过一阵子,知道是 B 国某大师说的。回头看那批评家的文章,他不卖豆腐,换豆汁了。这样的批评家,不像"本本"和"凡是"那样板着一张永远正确的脸,却过于显摆,经常扭捏,有时女扮男妆,有时男作女态,有时你还在读他上一篇文章,他下一篇已在批评你正读的理论了。他们爱批评"凡是"型批评家的保守,他们总是在媒体上推出最新的观点,可惜的是,也没有一句他自己的话。

　　当然,在批评界上述理论家只是少数,只是他们太招眼,所以,对一些圈外人而言,就产生一个误解,以为理论批评家就是:自己不说自己话的人。这是一个太大的误会。搞理论常讲"深入浅出,融会贯通",这八个字说白了就是,变成自己的话说出来。

　　第一个让我记住他一句话的"理论批评家"是一个农民。我当年插队时,他当队长下了台,与我聊天:"做人难,也不难,只要吃得亏,挨得骂,流得汗。"他这流派的人生哲学,在我最困难的时候,经过验证是可以当作"一句话主义"来指导实践,经风顶浪……

1997 年 8 月

关于机会的实话实说

机会这个词，在这两年已成了在报刊杂志上出现最频繁和谈论最多的词了。出现多，也就引人注目。议论多，也就容易让人产生不同看法。本文不想对"机会"再做什么新的阐述，把各家的说法找到一起，也就在这里给你开一个实话实说的小型笔谈会，你可以旁听也可以参加讨论，谢谢。

"机会就是牌桌上的重新洗牌。上一盘你输了，拿了一手臭牌，这没有关系。打牌，总是会拿臭牌的，但重要的是在拿臭牌时，不要臭了心情，而是等待出完这手牌，然后洗牌。洗牌就是机会，四个人重新抓，就看谁抓住它了。"说这话的看来是个赌客，他对机会的理解，你认为如何？对了，你说他的那个"机会"等于赌客们的"运气"，也叫手气，如果机会就是这样的，那么这个世界上最能抓住机会的人就是牌桌上的人了。

"机会是一只在山林乱窜的精灵，人们像猎人一样，在山林里寻找它，但多数人只看到过它的足迹，望到过它的影子，永远是与它失之交臂。只有一个猎人，他跑累了，靠着大树闷了一觉，一醒来，发现机会这小精灵也一头撞昏在这棵大树上了。"这是个老故事，但很多人说这就是机会的"正式版本"。也许你和我一样，也曾收藏过这个版本，当我们钻进被窝时，对自己说，明天有个好运气，当我们一觉醒来，心里说今天会有好事等着我吧……

"机会是在竞选中你可以听到的各种许诺。你可以为你的希望投下一票，但得你一票的人会不会实现你的希望——这个难题的名字就叫机会。"我和你都知道这是一个误读，但我和你都认为：机会等于不负责任的决策者无需兑现的许诺。这个定义虽是错误的，然而也的确是常见的事实。

"机会是在上帝见我们之前，艰难人生旅途中，和我们日夜相陪的牧师。"说这话的人是一个虔诚的教徒。我不是一个宗教徒，但他对"机会"安排的职务我认为非常合适。

"机会是开给无能者的一张药方，这药方不能让他们变得能干，但会让他们活得快乐而且充满信心。"说这话的不是医生，但我觉得他好像也给我开过这么一张处方？

"机会是一个穷光蛋，突然得到的一笔遗产！"我听这话后，认定我是算穷光蛋，不过我坚信没有哪位好心的亲戚会为我准备好那东西,所以我决定不考虑这个定义。

"机会是一份早已写好的聘书,只是你总是忘了去领取。"我知道在领取时,不光需要我的身份证,还要我的学位证书、职称证书、论文、获奖证书……所以我不知道这份聘书是"机会"还是"陷阱"?

"机会是自以为天才的人,没有收到的汇单。他把已失去的时间,折成金钱,又把金钱换算成社会对他的欠款,而偿还欠款的汇款人,名字就是机会。"这话说得绕口,但真有这样的人,你见过,我也见过,这种人言必称"天生我才必有用",这种人四周的人对其评价,一般是两字:有病。

讨论还在继续,但我不得不退场了,因为我知道上述机会对我而言,已经够多的了,下面的机会还是让给别人吧……

1997 年

铁哥儿们

他俩是铁哥儿们。不一个姓的哥儿们,有时比一个姓的亲兄弟还亲,这好像是人人都知道的事实。亲兄弟们在娘怀里抱着的时候,还是亲近得很,一旦倒过来,亲兄弟在这个世界上不是让女人抱着,而是自己怀里抱着一个女人的时候,就要分家另过了。古人说,女人是祸水,大概就是说的这情形,而且只说抱着女人这后半节,不讲让"祸女"养大的前半段。忘了。

铁哥们就不一样,说"在家靠父母,出门靠朋友",这朋友就是指铁哥儿们。阿甲和阿乙曾是最资格最正宗最名牌的铁哥们,远近闻名。

阿甲和阿乙都是外地到京城的打工仔,阿甲从湖南来,阿乙从湖北来,是几年前,两人睡在火车站的地上过夜时成了哥们。阿甲已经几天没吃饭了,看见阿乙从包里拿出一只烧饼,眼睛一下子就放光,那光发绿。阿乙熟悉这绿光,他也常放出这绿色光,所以,他知道这是救护车灯在发光。救命要紧,于是他把整个烧饼给了阿甲:吃吧,哥们。

阿乙听到"哥儿们"两个字，就着眼泪把这烧饼吃下去了。阿甲从此跟上了阿乙，他说：这才是哥儿们，把自己全部的东西都可以给对方，全部！他心里想：对！全部给对方这才够哥儿们。

阿甲和阿乙在京城一起闯事业，什么事也干过，开初没混出样子，两个人还是公认的铁哥儿们。有了一支烟，一个人抽一半；有了一包烟，一人分半包。有了一瓶啤酒，一人喝半瓶；有了一箱啤酒，两个人面对面地吹喇叭，一人半箱喝光它。有了一张床，两个人共同盖一条被子，互相闻对方的臭脚；有了一套房，也一个人一半共用一只马桶。就这样，一只烟的家当，一瓶酒的快乐，一张床的地盘，他们在京城立住了脚。阿乙有文化，找到的活工资高，阿甲干苦力，挣的却不多，但还是一人一半。到后来，阿乙又买了一套房，他就对阿甲说，两套房我们一人一半，你挑吧。两套房在两个区，阿甲和阿乙从此就分开过日子了。阿甲还是说：我们这才是铁哥儿们，不管是一支烟还是一套房，没说的，一人一半!他说出这"一人一半"后，觉得以前好像不是这么定义"铁哥儿们"的，心里有点不快。

分开后的头一年，听说阿乙做生意挣了五十万元，阿甲去找阿乙。阿乙没说什么，拿出五万，"兄弟你过年置点东西吧。"阿乙拿着五万，心里想：这一人一半的铁哥儿们怎么变成十分之一了？又过一年，听说阿乙做房地产挣了五百万，阿甲又找去了，阿乙拿出十万，"兄弟你也用这钱开个店吧。"阿甲心里很不痛快，心想：这五十分之一还叫铁哥儿们么？他伤心地去大醉一场，一边喝酒一边骂："这个当年把全部东西都给朋友的人，一有钱，就变心，全部变成了一人一半，变成了十分之一，变成了五十分之一，这还叫铁哥儿们么？真是一阔脸就变，有钱人没情义呀！"

阿乙知道阿甲骂他，心里也不解："这个人真不够哥儿们，钱真是坏东西，坏了兄弟情分。唉，当年给他一个只值五角钱的烧饼，换回他双泪流。现在给他十万元还不知足，这像个哥儿们么？"

两个哥儿们就这么掰了。都因为在计算"铁哥儿们"价值上出现了分歧：阿甲是用比例法，说从给全部降到了给五十分之一，所以阿乙不够哥儿们。阿乙用的是直接价格，说从给五角钱到给十万元，阿甲还不满足，太不哥儿们了。

大概所有的铁哥儿们最后分手，都因为有不同的算术题在测定哥儿们的"含铁量"，这个含铁量就是他们心中的财富。

1997 年 12 月

文章引文的有趣联想

　　这是为必将扩版的《魔鬼词典》准备的资料,请勿当作正式文件,以免影响你正要引用的一段文字,那样的话,我会为此不安,谢谢。

　　文章中的引言,是文章中最软和的部分——

　　它是已经卸掉骨头的肉,同时也去了皮。从经典作家或著名人物的文章中,剔出来的段落,正像从一头牛身上取下一块块腿肉、肋条肉、里脊、牛舌、毛肚……它们从牛身上经"庖丁解牛"后分解出来的部位,摆在案上,供人选用,这时,它们的意义,与这些部位还在牛的身上,作为牛整体之一部分的意义是完全不同了。怎么理解呢?举例说明吧。比方说牛肚,作为牛这个大文章之有机的一部分,它的作用是:消化通过食道进入的食品,而且还可以储藏食品,进行反刍。但是牛肚从牛身上割下来,如同一段话从文章里摘出来,牛肚摆在菜案上时,它给我们提示的意义就是:可以爆炒、红烧、杂烩,最好是下火锅涮。

　　当然,这样的"转义"运用,不必多加指责,也是正常的运用方式。一块牛肉从牛腿上取下来，摆在案子上，人们买回去，绝对不想用来它来走路代步；当然，人们也不应苛求"引言"从原来的文章取出，放到新文章中还是"百分之百原汁"意义。一块牛肉，被不同的人买回去，经过不同的锅、不同的火候，加入不同的配料，再经过不同的烹制，会出来形、色、味都完全不同的"新牛肉"。同样的道理，一段话，虽然同出于某名人文章，但引在不同人的文章里，不同的语境，不同的前后拼接内容，有的是在"炖"这引言，有的是在"炒"这引言，有的是在"烩"这引言，然后让它散发出新厨子的味儿来。这是引文最合实际的"实用"价值。时间在变，烹调方式在变，"厨子"也在变，所以名言也就如牛肉，总是一道飘出新味道的菜。

当然，也有毫无技艺的引言使用者，如同小贩，卖同样的方便面，都是一个味道，但也就都没有更多营养可言。换言之，如同一段话，无论何时何地引用，都不变味，如同一个牌号的方便面，那么这"引言"也就如方便面一样干巴。当然，干巴的条条，也是不可缺的，法律与法规，就要去掉所有的水分，以便引用起来不改其味。由此我想到下一个说法：

文章中的引言，是文章中最坚硬的部分——

在法庭，律师们大段大段引用各种法律文件，引文是投枪，是匕首，也是轰开对方要塞的大炮，是向对方扫射的机关枪。与此同时，引文也是碉堡，是钢盔，是保护自己前胸的防弹背心。在这样的场合，人们发现，人们都力图把自己藏在引文后面，好像自己只是一个提供"因为……所以……但是……而且……虽然……"之类虚词的"并不存在的影子"，只有这张嘴在为法律而声张。

当然，这是律师的职业要求，一个法律的代表，一本会说话的法典。那些虚词就是法律与事实之间的直接通道。在这时，除了法律与事实，任何配料，如情感、利益等，加入其中，都会让法律条文变味。这是不加水分的引用，这是引言坚硬的力量。

当然，这种引文的战斗力也曾走过误区。在法制尚不健全的年代，我们经历过个人崇拜影响下的"语录战"。人们把伟人的话从一篇篇文章中剔出来，又实用主义地断章取义拼成各种大批判文字，在一场场口诛笔伐之后，我们才发现真理就这样被阉割了。我们再一次明白这个最基本的道理，真理是与时间、地点分不开的，真理是被实践不断检验而发展的。不过，不是每个人都懂得了这一点。今天当我读到某些仍是由引文包装出来，毫无作者见解的文字垃圾时，你猜我想到什么？想到一台老式复印机，想到打扫书橱时跑出来的蟑螂……

1998 年 1 月

品　　位

　　家猪实在不愿认野猪这门亲戚，尽管野猪的辈分高，资格老。野猪土气，长得也丑，两只獠牙冒出来，一看就没受过教育。当然，野猪是生活在大自然里的，山青青，水清清，就是长得俗气，放在山野里，又没人把它当成陶渊明。家猪也向往着山青青水清清，每天在那里散步，晒太阳，打高尔夫，多好。唉，野猪不知道这些高雅的享受，可惜了天赐的风光。没品位！家猪狠狠地给自己的亲戚下了个结论。家猪因为与另一个世界有了联系，所以家猪知道什么是有品位的生活方式。只是知道并不等于拥有。一方是白吃白喝，坐享其成，一方是青山秀水，却要四处觅食。两难之中，家猪选择了在生活上白吃白喝，在精神上拥有自然。于是家猪更加看不起在山水间为一餐饱食而奔波的野猪了。

　　家猫实在看不起与它同在一个院内的家猪。虽说家猪有一个更大的居所，猫的小屋叫窝，猪的大房叫圈。虽说家猪有更多的食物，猪吃食用大槽，猫吃食用小碟。虽说猪更得到人的器重，人的属象中有属猪，却没有属猫。就是这样，家猫还是看不起家猪。没品位！家猫给自己的同屋伙伴下了个结论。家猫觉得自己虽然分量不够，但比起有分量的猪来说，自己更讲卫生，更举止文明，常在厨房饭厅出入，有时还能进出客厅这类高雅去处，在沙发上打盹，在书桌上散步。当然，这份高雅也不是轻易得到的，也有难言之隐。比方说，家猪光吃不做，像那些倒卖批条的公子，而家猫还要去抓老鼠，现在可以不抓老鼠了，也要去抓皮球，去朝主人的怀里撒娇。献媚是个很累的活，常常弄不好会莫名其妙地吃主人一脚！唉，好孬混入了高雅居所，为了有品位的生活，也就顾不得去干一些没面子的事了。

　　家犬实在看不起与它同在一个屋里的家猫。这是一个人所共知的事实，狗一见到猫总是穷追不舍，让猫躲在犬看不到的地方。眼不见，心不烦。狗觉得猫是个下等成员，只配在厨房里阁楼上，与下人一起。狗觉得自己与主子平起平坐，根据就是现在城里的狗也有了户口，没有户口的狗是乡巴佬。据晚报公布，一条狗的上户费要六千元，一年的管理费要二千元，比大学生的学费还高一档！有了户口，有了身价，狗也绅士起来，好像这家的钱不是主子玩房地产挣来的，而是狗从娘肚子里带来的。狗仗人势！猫一说到狗，就想起这句成语。猫自从知道了这个成语以后，就成了语言学家，天天去翻主人的成语字典，找到不少有关狗的成语：狗眼看人、狗急跳墙、狗肺狼心、狗马声色、狗盗鼠窃、狗屁不通……猫很高兴，因为它发现狗进了文字没有什么好词，所以，猫儿从此成了文字学家，专攻狗成语，成了远近有名的批狗理论家。狗更看不上家猫了，它说：那是什么理论？那是猫叫春！这是狗的高明，把严肃的理论问题与派系之争，弄上些许绯闻色彩。狗看不上猫的喋喋不休，但它只用三个字"猫叫春"就把猫的毕生研究弄得桃色，这倒与某国的国会议员们有同样高超的政治手腕。家犬进入了上流社会，成了有品位的角儿了。只是当它入梦的时候，梦见的是山野，梦见一个最好的朋友野猪。有品位的家犬不会把这个梦告诉别人，因为它明白，凡是知道这个梦的，只会说，没品位的狗改不了吃屎。

这就是品位，让每一位都觉得自己生活的状态最好。

1999 年 2 月

九不可为

做人之道是个从古到今都有人在研究的大道理,自己是个写文章的人,记得也写过许多该做什么的文字,但很少写不该做什么的文字,不习惯。今日与友人聊天,说到文化人不可为的事情。想想有理,文人有文人的样子,有些事确实不可为,做了就没有样子,挨骂难免,当紧的是自己就看不起自己了。我想了想:做了哪些事会自己看不起自己呢?扳着指头数了数,我对自己说:叶某,你若要做个不骂自己的文人,九不可为也!

钱不可贪。不仅文人不可贪钱,官不能贪,民也不可贪。官贪财丢了乌纱帽,本是无限风光在险峰,千难万险换来极目天地的得意,得意之时忘乎所以,再迈一步,无限风光瞬息之间变成万丈深渊。文人不可贪财,因为文章可以换钱,但人格不可拍卖,凡卖了人格者,其文必臭。

文不可抄。文人抄袭就是行窃,世上凡是行窃者,皆是小偷大盗,因此道而富贵还是显赫,皆不为人所齿。文人抄袭还是窃取同行的成果,窃同行则更下流，甚至连下九流的黑道都不屑与之为伍。

师不可骂。文人立世做人的本事，都不是从娘胎里自己带来，也不是官宦世袭，商贾继承。文人那点本事，都是他人教的，自己学的；没有老师传道授业解惑，哪能成为文人？因此文人的牌位上，应是"师、天、地、君、亲"，师为首尊。也许世事变迁，志向转移，过去的老师与自己不再同道，甚至成为对手或敌人。纵然如此，师也不可骂，人各有志，但不许忘本。

友不可卖。文坛上的文友，是文人成就事业的支柱，也是文人"高山流水"的知音。分分合合，聚聚散散，世间常情。卖友求荣之事，卖友求名之事，卖友求利之事，卖友以自保之事，皆不可为。文坛纠葛，当事人多是"当年友人"，风起雨至，运动来，风止雨停，运动去，"当年友人"变成仇人？读忆旧文章，常拍案叹息，天下短视轻义多是文人！

官不可讨。现代社会，官也是有文凭的人来做，文人做官也是现代社会正常现象。硬要说你在民间，就是好文人，写出的就是上上品；硬要说王蒙当过部长，就是官样文人，写的就是官样文章，谁信？自欺欺人耳。但文人不可去求官，不可去讨官，不可去要官。官也有人讨来当，要来做，那是黑箱操作，见不得光；你若是个文人，就是"准公众人物"，想去讨，去要，去求，公众皆会看在眼里，你于是在丢，在扔，在弃，丢了清流名节，扔了文人品格，弃了公共信任。手莫伸，伸手终后悔！

上不可媚。有求必媚，无欲则刚，留一点风骨当桅，撑起文章做帆，行之必远。无风骨之人其文如筝，可一时高扬，但命系一线，断线时，连声音都会听不到。

下不可慢。文人常自命清高，古人如此，今人也如此，高到诺贝尔奖或是自认的精英文化 =(几个写文章的"大师")+(一两个写评论的同志)+(三四个媒体的哥儿们)。这样的圈子自己玩玩还行，就像开间ＫＴＶ包房自己唱自己听，与读者无关。从写文章的开始，我就不敢怠慢读者。怠慢两个字，说的是，不可无视读者，更不可炒作读者，炒作是另一种轻慢。自以为是的出版商炒作图书时，也把作者放进了油锅，让你走红，让你发烫，让你香飘四方，然后变成油渣。

风不可追。说来容易，做起来难，尽力吧。草木有根，尚且随风俯仰，人无根系，只有一双好动的腿，哪能心静如止水？只是想到那些树上的叶子，能守住根本时还绿葱葱的有精有神，守不住随风而去，有风中舞蹈的快活，其后变枯变黄，被扫帚驱赶,谁为之叹息?

  大不可欺。天行有道,人间有正气;不可欺天,当养浩然之气。知道自己不是个完人,更不是圣贤,只是要做个自己看得起自己的文人,说到底,就是要相信天地有正道,人间有正气,做人也就正自己。写这篇短文自勉,不想以此正人。

2001 年 8 月

读书的理由

前日,电视台的几位记者,扛着摄像机到家里,说是做一个关于读书的节目,要在书房里才好。雨蒙蒙,几位做完事情,也不好马上赶路,雨留人。从节目和工作中出来,一个年青记者说:"我们现在忙得昏头转向,还得读书,考职称,考托福,考来考去,出了学校还得读书。叶先生算是熬出头了,不考官,不留学,自己不评职称只是去给别人划圈,我呀,到你这个份儿上,早就不读书了。"我信他说的,自从几年前,再不用让别人评,让卷子考,我确有一种"解放了,天亮了"的快感。读书不赶考,何等爽快的境界。那么,不考何必读书,读书何为呢? 读书不为考试者,还有一种人,是不进考场的考试:读书做学问。这是职业读书人的境界,叫做自己考自己,认真的读书人,一辈子就在学问上得到快乐与满足。等到这等读书人出了考场,交了考卷,到另一个世界去了。后人又接着用他的学问,去考下一拨读书做学问的人。我不算个做学问的人,有人要说我学问不深，我不会生气，我这辈子的正业是编辑，做到顶是个编辑家，副业是作家，到现在还是个业余作家。因此，我读书，一是爱好，二是习惯，三是业余，如此说来，读书何为？

一为养生。读书看报，如同一日三餐。饭天天要吃，总统与百姓，概莫能外。看报纸读时文，就是吃饭喝汤，不可一日停止。读书人也是凡人，在养生的需要上，与当官的、经商的、打工的，没两样。当官读报，重在领会上头的精神，这上头的精神关乎国运民生，读书人也应知晓。现在有的读书人一听见政治两个字就撇嘴，就不屑，自以为这叫清高，其实，这只是老百姓说的"装嫩"。完全不讲政治，读什么书？只好读情书，情书能读一辈子么？经商人读书看报，重在经济市场。打工者看书读报，意在看到前途。唉，上头有精神，交通有规则，世态有炎凉，不可不知，此谓养生。

二为养气。读书读得多了，也就读出书生意气来，何为书生意气？读书人不会不与官场之人来往，官场中人也是读书人，只是先读书，后一心一意从政罢了。官场有官场的正气，叫清廉，叫先天下，叫什么的都有，就是不把自己放在百姓头上；官场也有浊气，浊气太浓就有了臭味，人称腐败。读书人也不会与商场绝交，现时的商人大概都是读书人下海，捕鱼捞蟹，难免沾上腥味。当官的浊气重了，进医院的有，进学习班的有，进法院的也有。经商的腥气重了，有工商来管，有银行来追，有熊市来找。读书人满世界地走，也会沾些腥味臭气，只能自省自养，读书就是养气，书中有天地正气，养吾胸中浩然之气。

三为养趣。读书常读有趣的书，这是不为考试，不为文凭，不为职称而读书后得到的快乐。过去的人说，活得太苦，是指求温饱难，生活无法满足肉体的需要；现在的人说，活得太累，是讲求快乐难，生活无法满足精神的需要。读书养趣，就要读杂书，天天读圣人书，如同天天吃龙虾，高贵够，营养够，但只吃龙虾，三日之后就如嚼蜡。就养趣而言，经不如史，史不如子，子不如稗，稗不如侠。现在是，桌面上都说是在读经，桌面下只是在读侠，这样做来，上面与下头，想要情趣相投，就很难了。还是吃杂食，才能养情趣。

四为养性。读书人不能靠读书吃饭，入世下海都是做事，不当官不下海也要做事才能叫个读书人。有一种人，也读书，找个有钱的富婆包起来，于是成了不做事的专业"读书分子"。骂当官的，损下海的，嘘爬格子的，看不起还要上班做事的，以为唯有自己才是天下最最纯正的读书人，其实，吃软饭也是个行当，读书人吃软饭，这不算是中国的新景致。大家不说，不是说不知道你的真本事在何处。不管在哪儿做事的读书人，只要做事，就有顺与逆，达与穷。事做得顺了，名气大了，读书可以养性，不张狂，知节制。事做得不顺当，遇到坎儿了，不钻营，不苟且，读书就是躲进小楼成一统，另一个世界大得很，心会宽，气也平。凡是我读书多几本，写的文章多几篇，这情形，也多是人家说的"受挫不顺"的时候。丰年做事情，小年收文章，此乃养性也！

读书养生，读书养气，读书养趣，读书养性，这就是一个业余读书人的读书理由。

2001 年 12 月

从哪一头吃香蕉

亚太经合组织在上海开会，媒体做了大量的报道。我想说的是让我记忆很深的一句话："我们美国人吃香蕉是从尾巴上剥，中国人总是从尖头上剥，差别很大，但没有谁一定要改变谁的必要吧？"这是中央电视台一次访谈节目，说话的是一个美国在华投资办公司的女经理。我刚打开电视，不知道她的名字，但她的话，给我启发，世界上许多事，元首间的大事，人与人相处的小事，甚至只是个人芝麻蒜皮的事，有许多都是与这个"从哪一头吃香蕉"的问题有相似的地方——各持一端，也许都有道理呢？

在一个单位，有两个相同重要的项目，有个处级干部分管了一个，有个科级干部也分管了一个。于是，这个处级干部想不通了："怎么把我这个处级干部和一个科级干部同样对待呢？这不是降级使用了么？"同样的，这个科级干部也有牢骚："我拿钱比他少，级别比他低，为什么要与他担一样的担子呢？"都去找领导，领导怎么说呢？领导从另一头剥这个香蕉。他对处级干部说:"照理说,这两个项目都要处级干部来承担。不过,你能力强,经验多,在你的示范作用下,相信另一个项目的科级干部,也能在跟你一起干的过程中,干得一样好,你不能骄傲啊,当心让后来者居上了。"处长一听,也是满有道理,高高兴兴走了。领导对科级干部怎么说呢:"这个项目是处长们干的,你虽然资历不够,但把处长们的工作交给你,这就是对你能力的肯定。再说了,先干处长的工作,又不讲待遇,这是多好的表现机会呀。天天讲要有进取心,要开拓,这不就是开拓的好机会吗?如果这个工作你干不了,不想干,真到了有一天,组织上要提你当处长,同志们会怎么说你这一次的表现呢?我不是给你许愿,但我相信你会把工作放到第一位的。"科长一听,也高兴地走了。如果他们自己换位想一下,也会自己说服自己,不用领导来剥香蕉了。

说一个单位的事小,说国际大事。美国在"9·11"以前,总想教别国的领导人剥香蕉,什么计划生育问题呀,新闻自由问题呀,总是指责这些国家把国家利益放到了公民个人利益之上,这个顺序不对!"9·11"事件后,美国的电台,刚让拉登的话播了出来,政府就大光其火,大亮黄牌,称其危害国家利益。最近,又通过"反恐怖法",使监听电话,检查邮件等合法化。退回去半年,不知老美的议员们会怎么抨击这种"践踏人权"的事情呢!看来,美国也一样,当国家利益受到威胁时,他们的动作和别人没两样,只是在"9·11"以前,美国的议员们从不认为美国会有受到威胁的时候,所以总是忙于教别人剥香蕉。

　　世界上最难的事情,大概就是要让一个总统去换位思考。所以,布什是布什,萨达姆是萨达姆,都在自己的位子上振振有词地认定对方是最坏的敌人。与此相同,一个人也很难让自己改变剥香蕉的方式——如果已经是一种习惯。一个戒烟的人,他戒了一天烟,难受极了,他想:"我才戒了一天,就这么难,天呀,假如我还能活一万天的话,还要受九千九百九十九天的罪,算了吧!"这戒烟者是个失败者。换个想法:"我第一天戒烟的成功了,真不错!假若我还要活一万天的话,坚持下去,后面的九千九百九十九天就从成功开始,多好!"这个戒烟者在成就感中,一天天戒掉烟瘾。

　　阻碍我们改变剥香蕉方式的原因,很多时候是我们自己的弱智与近视。有人当了美国总统,他不着急,尽管他像所有的男人一样有上进心;听说和他同一个单位的另一位科长要提成处长了,他猴急上火,眼红嘴苦,千方百计把那个人弄下来。于是，从另一个部门调了个处长来。下回轮到他有了机会，那位被整过的人也下力扒拉他。多年过去，处长一个个派来调去，他俩都还在"怀才不遇"继续干科长。如果当初换个想法："真好，他提上去了，下一次，我就少个竞争对手，我好好帮他，替他说说好话，让他顺利上去。"下一次，至少那个上去了的，不该说他的坏话了吧？人们不知为什么，总是妒忌自己身边的人，其实，身边的人是最可能被视为敌人，也更有可能成为朋友。

遇到难事，先试试换个角度去想。这其实是个最简单的道理：香蕉是可以从两头剥的！

2001 年 12 月

"会海"中的
八种"主流角色"

新年伊始，各大媒体对减少"文山会海"，改进各级政府作风，做了大量的报道。"文山"说是公文如山，"会海"说是会议如汪洋大海。关于这个问题，大概也是属于年年讲的老话题了。会议太多的问题，有专门的机构研究，有许多的论文讨论，我几乎没有发言权。但是，从各种媒体对会议的大量报道中，我觉得，之所以能把开会开出了汪洋之势，是因为有人爱开会，而且不只是一个两个人爱开会。用时尚的说法，叫做"开会一族"。用学术点的说法，叫做"在各种会议上出场的主流群体"，简称"会议主流"。有人会说了，你说的不就是坐主席台的各级领导嘛，只要他们愿意少开会，会就开不起来。这话对了一半，还有一半，如果这个会议之海，减少了注入其中的"主流"，源头流量小了，海也就会缩成湖泊，缩成池塘，没了波澜壮阔的气派。

会议主流有八种角色：主持、主管、主到、

主讲、主陪、主演、主报、主创。

主持：即主持会议的人，宣布开会，介绍到会人员，宣布会议进程，宣布会议结束，外加带头鼓掌。这是会议必不可少的重要角色——推进会议的进程，掌握会议的节奏，调度会议的运行——没有主持人，会就开不起来。但是，主持人不等于是会议的头号人物。

主管：即会议主办方面的最高领导，一般是一把手们：主任、主席、总经理、总裁等等。主持者，要按他的精神主持会议，到会的人们最注意的是他的脸色和说话的语气。主管在会议进行时，有的爱说话，有的不爱说话。不说话的主管，往往更让到会者敬重。但是，主管人也不一定在每个会议上都是最重要的角色。

主到：即我们常在报纸上看到的"主要到会人员"。这些人一般地位较高，他们到会也许一句话都不说，也会受到贵宾礼遇。他们是会议不可缺少的人物。他们到达会议现场，自然地提高了会议的规格，顺理成章地加强了会议的重要性，有时还是"本次会议"上电视节目和报纸头版的条件。各级首长都爱对自己的同僚说："可参加可不参加的会，大家就不要去，不要泡在会议里！"这句话的意思就是，不要到下级开的会议上去充当"主到"；但是与此同时，当他自己开会时，决不会忘记千方百计去请上级的官员们来会上"主到"一下。

主讲：开会就是听人讲话，主讲是主要讲话人。这个人也许是"主持"，也许是"主管"，也许是"主到"中的一员，也许就是会议请来的专门做报告的讲演者。总之，主讲的使命是本次会议主要精神的发布者。有时，会议有一个或几个专门的报告人，但也许某一位"主到"只插了几句话，说这几句话者，极有可能才真正是本次会议的"主讲"。

主陪：就是坐在主席台上的、除了以上几种人的其它陪坐人员。无论是政府的、经济的、文化的、民间的会议，"主陪"体现的也许是一种政治待遇，也许是一种核心形象，也许是一种团队精神。同时，对"主陪"来说，还不仅如此。开会开得多了，会聚会散，主管下台了，主持换人了，有的主陪还稳稳的坐在主席台上！这样的"主陪"，有另一种风光。它显示的含义，只有知情者才能体会其中的滋味。

主演：各式会议中都可能会有主演这个角色出场，主演往往是会议主题之外的轶事主角。比方说，谁中途退场了，谁发言中影射了谁了，谁上台抢话筒了……近年一些文学界、诗歌界、艺术界诸界的神仙会，常因某些意外的"主角"登场，而声名鹊起为长久的饭余话题。

主报：以报道会议而有影响的各路媒体记者。他们是会议主办者必请的人物，他们也在各种会议中频繁出场而成为"会海主流"之一。

主创：这类人物不一定坐主席台，但是这类人物是"会海"中兴风作浪者。仅以文学艺术界为例，主创者，各种会议的"主要创作人员"也，换言之，是这些人设计、策划、筹备了各种会议，如研讨会、座谈会、发布会、对话会、联谊会、通气会、采风会、观摩会……会议开起来了，"会海"有波澜，主创们也就在社会效益和经济效益上双双获得成果。

上面说了会议主流中的八种主角，也许还会找出一些来。有人会说，还有最大的主流：听众。听众是人数众多，但听众是被动形成的，他们不是形成"会海"的主动性源流。要减少"文山"不必找看文件的，只要让起草者真的少写，山就会变平。要减少"会海"，只要上面这八种"主流"有的减少流量，有的分流，有的断流，那么"会海"自然也就会变小甚至消失。

这种事，说难不难，说不难还真难。真的没有会议了，上面八种"会海主角"，有的人还能干什么呢？

2002年3月

热情难以消化

大刘现在几乎变成一位吃斋的居士了,以前他可不是这样。以前要是有人请客吃饭忘了叫上他,他跟你急:"咋啦,这么不够哥儿们?怕我有艾滋病?艾滋病吃饭不传染!"大刘爱往饭局上凑,不为吃食,为的是热闹。这是他的理论:"中国人讲什么?礼仪之邦,两个字,食与性!一是喂肚子,二是养儿子,喂肚子是生存权,养儿子是发展权,这是基本人权。但是光这些,直接冲着目的地去,那就叫没文化。养儿子不是要结婚么,结婚要仪式么?仪式要闹洞房么?吃饭也一样,要先请人么?要进馆子么?要应酬说话么?对了,这些过程就是文化,人生的趣味就在这到达'肚子与儿子'之前的过程中。"说是这样说,但为什么眨眼间,变成了居士了呢?经不住几个同事的盘问,他长叹一口气,讲了如下这一段故事——

那天快下班了,来了位作者,他有本书我给他写了评论。我也不认识他。我们这些搞评论的,写写书评本来也是工作嘛。我这样对他说。他千谢万谢，说要给我润笔费，说要请我到他们市去讲学，说死说活我全都拒绝了。最后说请我吃饭，推不掉，我就和他进了饭馆。

这人那张嘴呀，真能说！只是一边说，唾沫星子也如雨点子一样，乱溅！我开初没有发现他有如此丰富的降雨量。上了菜，摆了汤，我才发现在凉菜、热菜和汤菜上，不断地有唾沫星子如雾如雨，"润物细"无声地覆盖了一层。我说："咱们吃饭吧，吃了再聊。"他说："吃是小事，就是想和你聊！边吃边聊，东西不好，好的是能面对面的说说心里话。"听他这一说，我能把他咋办？

他见我光听他说不动筷子，就催我："吃呀吃呀！这菜味道还行，自从我得了肝炎住院以后，我就没有下过饭馆了。出院后，这是头一回。"这人怎么有肝炎？有肝炎他怎么还请人吃饭呀！我心里发毛。他笑着说："医生说了，让我忌酒，让我少吃油荤。医生的话当然要听，但是为报答你的知遇之恩，我舍命陪君子！吃菜！吃菜！"他把筷子放到嘴里，抿了一下，舔干净了，夹起一片海参就放到我的碗里。我忙说："谢谢，谢谢，我最近转胺酶高，不能多吃油。"他说："没事！没事！医生说了，我得过肝炎了，不会再得了。

你转胺酶高，要去看一下医生，别成了肝炎了。当然，就是肝炎了，我也不怕你传染，谁叫我们是哥们呢？"你看，我倒成了个肝炎病人了，这是怎么回事呀！

他一边说，一边吃，一边笑，热情万分。我才发现热情这玩意有时竟然是最难以消化的东西！我叫过服务员，让她换过这碟子，平静一下。唉，不打送礼的客，不讲酒桌上的理。我耐着性子，喝了一口酒。他又热情上了："你看我，也不给你添酒，来！来！我们碰一个。"我只好端起杯子，伸出手，和他碰杯。"慢！慢……"他突然接过我手中的酒杯："让我检验一下。"径直吐出舌头，用舌尖在我的酒杯里蘸了一下说："没做假，没做假，够朋友，够朋友，干！干！"怎么办，我只有把这杯酒当毒药喝了。

到这程度时，这家伙(对不起，我实在找不到更适当的词了)热情像火山一样喷发出来了。像所有的酒疯子一样，开始放开自斟自饮地喝酒，一刻不停地给我讲他的奋斗史。一讲到伤心处，鼻涕眼泪一起向外喷射。于是，在所有的菜盘汤盆里，唾沫、眼泪和鼻涕就像酱油、醋和味精，统统再加了一遍。最后结完账，我只好扶着他才能走出饭店。他在告别的时候，用稀溜溜满是鼻涕和眼泪的手，使劲捏住了我的手，依依不舍。在他坐上出租汽车那一瞬间，最后抓住我的双肩，紧紧拥抱，把脸上和手上剩余的那些热情分泌物，留在我新买的大衣上。

那天，我一关上出租车的门。飞一样跑到浴池去。刷牙、洗头、冲澡、我恨不得把胃和肠子也翻出来涮一遍！直到现在，一听到"饭局"两个字，我的眼前就走马灯一样出现：喷泉一样的唾沫、抿筷子的厚嘴唇、伸向酒杯的舌头、稀溜溜满是鼻涕的手……

老刘从此真的不再进饭馆了，他只是多了另一种热情，爱让医生给他做检查，查了血，下回查尿，再下回查心电图，再下一回查CT……而且，一说到体检做化验这种事，他热情洋溢，眼睛放光，就像以往说到饭局一样！

2002 年 4 月

小文人之小

小文人不一定是坏人，小文人不一定是敌人，小文人也许还不是别人。何为小文人，我想过，想了只是警惕自己，别一不小心，也当一回小文人。你说对不对？

小圈子。爱拉小圈子的人，过去有现在有将来还有。人都有三朋四友，但把朋友之间的关系，带到自己经营的圈子里，变成结党营私，党同伐异，闹大了就是"四人帮"，但一般情形下通常是闹不大，一个单位，一个行当，或者只是几个气味相投的文人，牛皮哄哄，自以为是精英群雄。这种习性，是动物天性，比方说，狮子和狗，到了一个地方，先在四周撒上一圈尿，以确立占领者的信心。

小山头。拉小圈子有目的，目的是树山头。过去黑道的帮会、江湖的山大王都开门见山，竖旗招兵。现在法制世界，想搞者多暗地里做，明里来的只是文艺界。文艺界可有流派，可有"主义"。弄一个什么流派，打一个什么旗号，便自称开辟新天地，前无古人，后无来者，与世界接轨，请汉学家当教练。刚愎自用者多爱闹这动静，只是这办法，你用了别人也会用，轮流坐庄，闹剧连台，你下台我登场，给世人开眼。

小恩惠。小圈子里的小山头，要把一帮人拢起来，便是靠小恩惠。官场封官，商场封红包。提级、评职称、发奖金都可以搞猫腻。当然，翻了船也是大家齐下水，贪污腐败案总是拔出一串来，也是这个理。文坛艺苑的小恩惠，都是虚名，互封大师，互吹佳作，互捧巨星，互相研讨，凡是见到"互相抚摸族"，你就知道这是一个圈里的。

小是非。小圈子要党同伐异，认定敌人就要斗争，这种斗争就叫"窝里斗"。中国几十年搞运动，把窝里斗发扬光大到了全面普及的地步，不斗行吗？邓小平有两句名言，一是"白猫黑猫抓老鼠的就是好猫"，二是"不争论是我的一大发明"，这两句话加起来，就要叫窝里斗专家们变成窝囊废。当然现在他们还没有绝迹，比方说，文坛上也常有口号之争，主义之争之类的鸡虫之争，普遍规律是：写不出好作品的主儿，咬起架来都超常厉害。

小花活。窝里斗也是斗，这种斗争上不了大台面，来不了大阵势，只是些桌子底下使绊儿的伪诈计谋。官场里的潜规则，商场里的厚黑学，赌场里的老千，输不起，赢也难赢个痛快。对付小花活，也不可掉以轻心，办法也简单，如防治"非典"，通风换气，多晒太阳，越透明公开，小花活也越难成灾。

小报告。在小人的计谋中，最有小人特点的是小报告，单列以引起注意。小圈子小山头的窝里斗，多有中国封建特色，上头（皇上以及上司）是胜负的最终裁定者，借上力以定输赢，也是小文人最常用的暗箱操作。阳奉阴违，当面一套，背后一套，口是心非，是这种小报告的普遍性发挥使用。随着中国社会越来越透明和公开，这种杀伤力颇强的故技，现在有点效力减退了。

小把戏。小花活是对"敌"之谋，小把戏是树"己"之术。官场上叫政绩工程，商场上叫广告公关。小人多机巧之心，无立身的长项，个个急功近利，擅长沽名钓誉。不过也常常因为名利场上，鸡毛蒜皮的得失，猴急上火，气急败坏，露出自己的马脚，踢翻了自己的地摊。

小家子。小家子就是小人性情，让人们察觉就叫小家子气。就如井底之蛙问天有多大，黔驴用蹄向老虎的大牙示威。小家子不会有布什当世界大佬的梦想，但认为用尿味精心划出的圈子里，自己还是空前绝后的"绝代佳人"。于是，步有新人出场，当有人成就丰硕，就天然地认定这些人侵犯了自己的利益，嫉妒是他们永远难以治愈的癌症。

小文人不一定是敌人，小文人不一定是别人，故而列出小人之"九小",以做警戒。小文人不是历史,小文人无法绝迹,小文人在社会中处处可遇,也无法隔离。如何处之?我想一是保持距离,二是防止感染,如同预防"非典"……

2003 年 12 月

两篇日记

这是我四十年前读到的两篇日记,至今难忘。

那是我读高中时,一位语文老师写的日记。语文老师的日记我怎么能看到?我需要讲一下时代背景,在我另外一篇杂文中曾提到此事。那篇杂文叫《下楼洗澡》,说的就是那个时代的情形。

那时,正在轰轰烈烈搞"四清"运动,四清,就是清查政治、经济、思想、组织诸方面的阶级斗争的问题。原先是在农村里搞,后来城里也搞,而且这"四清"所涉及诸方面的事情,几乎无所不包,也就是全面大搞阶级斗争的政治运动。在这个时候,正面的天天在报纸上看到的是学雷锋,是中国人高尚品德典型的雷锋日记,是学雷锋出现的好人好事,打开报纸就会觉得处处鸟语花香,莺歌燕舞,道不拾遗,夜不闭户。与此同时,城乡紧锣密鼓的"四清运动"搞得风声鹤唳,鸡犬不宁,黑云压城。运动工作队一进驻单位,就把领导干部和一般干部分成四类,一类、二类是依靠团结对象,三类是敌我矛盾按人民内部矛盾处理，四类就是"阶级敌人"。本是残酷的阶级斗争，运动的用语却非常生活化。对前两类依靠对象存在的问题，用检讨与批评方式解决，就叫做"洗手洗脸"。对问题严重的后两类人，进行批判斗争，就叫做"下楼洗澡"。最后被开除与处理，就叫做"给出路"。说真的，如果没有经历过那些严酷斗争，只是读报纸甚至读那时的文件，一边是处处学雷锋树新风，一边是对犯错误的人"洗手洗脸"、"下楼洗澡"，何等温馨！何等其乐融融！

在我读书的那所中学，也在进行"四清运动"。这位语文老师的日记让我看到了，是因为他被定为运动中的重点对象，日记作为"反动罪证"，在批判他的大字报中，摘抄出公布于众。这位老师没有给我上过课，我记得他好像姓唐。这两篇日记是所有大字报中给我最强烈刺激的文字。那场运动在我们学校搞了一年，生产了成千上万张大字报，我只记得这两篇日记。日记原文我没能背下来，但日记内容基本可以复述出来：

日记一，食鼠

备完明日课，又批改今日作业，已是深夜。冬夜天寒，寒意中更加饥肠辘辘。翻箱倒柜，找不到一粒儿食物。唉,食堂晚餐那三两饭半碗清汤,早就没有影子了。听见老鼠在咬纸箱,可怜的老鼠,也准保是饿得没办法了,谁叫它与穷教书匠为邻呢?

噫,老鼠到家里来,也不是一天半天了,老鼠一定长大了。硕鼠硕鼠,莫咬我的纸箱,硕鼠硕鼠,纸箱里只有书。唉呀,老鼠会有多重?剥了皮,火上烤一下,滋啦啦地冒油,那味多香哟!不要想!堂堂知识分子,怎么想到那又肮脏又卑微的耗子?读书!读书!

已经一个月没沾肉了,食堂菜汤里也多不见油花花了。鼠肉也是肉,猫儿吃得,人何不能吃?何况,悄悄捉之,悄悄食之,无人知晓?何来丢脸?

……一顿美餐!呜呼,天下第一美食:寒夜烹鼠。

日记二,糖

多年未归家,乡下的妻儿见了我,都不好意思,怯生生地迎上来。小女儿已四岁,今日见爱女,她的衣服是大人的旧衣改成的褂子,裤子的膝部还新缀两块补丁,但洗得干干净净,让人怜爱。

我从妻子身边，抱起爱女，想起专门为她买的半斤水果糖。便从挎包里，摸出一颗来。爱女目不转睛地看着我的手。我剥开糖纸，把糖纸递给她，然后，把糖块塞进她嘴里。

爱女惊慌地瞪大眼睛，吐出这块糖，哇地一声，放声大哭起来！我不知何故，愣愣地手脚无措。妻子连忙从我手中接过女儿，低声说：没有事，没有事！只怪她从来没有吃过糖……

这两篇日记，成为这位老师"攻击社会主义"的罪证，运动中被开除回家了。他没有给我上过课，只记得他好像姓唐。只记得他写的这两篇日记。

事过四十年，我再次想起这两篇日记和日记主人的命运。它让我相信，真实的文字具有永恒的魅力。真实的文字也许只记下一个普通人的小事，只是小事的一个细节，就能将一个时代永远记录在案！

2004 年 4 月

茶 会 凉

身在普陀，天高风清，海蓝山青，心情一下子放松。

这些日子过得挺累，总在为单位的事烦心，好像总有解不完的疙瘩，虽不出力，但费心劳神。也如赶路的人总在看前面的路标，顾不得擦一下头上的汗，仿佛天下最大的事情就是搁在手心里的那点事，捏出一把汗来。

其实，都一样。人人都有一本难念的经，别以为自己遇上的是九九八十一难之中的头彩。在法雨寺，人头攒动的香客，每一张虔诚的脸都让我看到一个故事的封面。我是在寺庙里呆过多年的人，不是出家，是上学。我上过的一所小学曾是一座旧庙。我的初中也是在山上的大庙里，现在那里已经成了风景名胜区，前两年回去过，寺庙整修一新。大概那里的周末，也会像普陀山的庙宇一般热闹。我的高中曾是一座洋教堂，后来增加了新校舍，最能入梦的旧事，背景还是洋教堂青灰色的尖屋顶。

想到这些，是笑自己"觉悟"晚了。在那些古庙旧寺里生活了那么多的日子，就没有想过寺庙给我们提供什么东西。想过，当然想过。我的学生时代并不平静，建国之初，斗争与理想，都在宣示十分积极的人生目标。居古庙而想天下大事，大概我们这一群"居士"，是最让菩萨们伤神的弟子。说起来，已是四十年前的事情了。站在普陀的这座殿宇，随着六级殿堂沿山势逐渐上升，我的思绪从岁月的那一头回到了眼前。眼前是佛国之约，是信众与游客带着俗世的烦恼来，又在香烟烛火中许下心愿去。"有感即应，如一月丽天，影现众水；无机不被，犹万卉敷荣，化育长春。"我十分喜爱法雨寺的这副联，就像菩萨中的观世音如此美丽，让百姓平民一见就亲近。观世音是平民的菩萨，大慈大悲，寻声救苦，也就是为平民解除烦恼也。

烦恼是人生的一种痛苦。烦恼是心之痛，心之苦，心之疾。穷人有穷人的烦恼，富人有富人的烦恼，在烦恼的折磨面前，也许富有者比贫困者更受煎熬。穷人常常有个误区，以为只要有了钱，一切烦恼就烟消云散了，其实，天天在电视上播给平民百姓看的大宅门里金粉世家的故事，演的全都是有钱人家的烦心事。穷与富如此，美与丑也如此，丑小鸭有烦恼，绝代佳人也有烦恼，也许后者不比前者少。民与官也如此，无权在手的老百姓常有办事难的烦心事，手上捏着权力的官员们睡起觉来不比平民百姓踏实。唉，人生之苦，心疾难治，所以，日渐富起来的平民百姓，还是爱给慈眉善目的观音烧一炷香，说几句心里话。

烦恼之苦，盖出自四个字：患得患失。分开来讲，就是"求不得"与"舍不得"。人生其实也是两种状态，一是无，二是有。无，是人生常态之一，因为无，所以才有"追求"这两个字——求学、求职、求爱、求进步、求财富、求功名……正是如此，人生才有那么多滋味，那么多故事，那么多的精彩与沮丧。有，也是人生常态之一，因为有，所以才要懂"舍得"这两个字——谢幕、落榜、换届、下台、破产、退位、失宠……正因为如此，人生才有那么多回味，那么多惆怅，那么多壮士未酬的仰天长叹。

我们从小受到的教育，就是人生要有追求，生命不息，奋斗不止。我们最少受到的教育就是人生要能舍得，你曾得到的，也必然会失去。取舍进退，生活的艺术就这四个字。不讲进取，人生没有动力，也不会有所建树。不讲舍退，人生就最终会失去方寸，也难以享受生活的多种境界。像我这样生命过了一半旅程的人，哪里有解忧的观音？看来就是心中要知道"舍不得"乃百种烦恼之根。换句话说，再好的茶捧在手上，也会凉……

  我在普陀山的法雨寺，眼前香火燎绕，香客攒动。心里头冒出"茶会凉"三个字，我觉得近些日子缠住我的烦恼一下子松开了，夕阳一缕从高大的树枝中，给我鼓励似地洒在我的身上。

  谢谢普陀山，入岛进山三日，得此"茶会凉"三字，足矣。

2005 年 1 月

追 忆

其实就是一列火车从身后开过去了。

先是声音,渐渐放大的车轮与轨道的撞击声,好像一下又一下地敲打着胸脯,从咕咚咕咚变成轰轰隆隆。这声音在敲打大地的胸脯之前,先叩打过那些一根根整齐排队放着的枕木。枕木是一个时代的士兵,真是士兵!他们原先不会想到后半生要躺着,躺在两条冰冷的钢轨下,他们原先是站立在大山上,是一群山野村夫,自由自在的活着。有太阳照着它们,让他们伸展枝叶,"好好学习,天天向上"。谁说的这八个字?不管是谁,这句话对于阳光下的森林是美好的祝愿。有快乐的成长,当然也有快活的回忆。在云雾弥漫的山岗,生长着的不只是树干里一圈一圈的年轮,那些年轮是永生的记忆,在以后躺在道砟上的漫长岁月里,这些与枕木同在的年轮,总让他们在坚硬的道砟上一次又一次承受雷霆万钧的重压之后,唤回云雾缭绕的往事。云雾和霞光中的往事,与青春有关,与浪漫有关,花有香味,小草有柔情,凡被选作枕木的树,都是挺拔峻峭的树中好汉,一春又一秋,就这么风去云来,就这么看鸟儿做巢,任松鼠和猴子们游戏,无忧无虑,天天想,啊,多幸福呀,天生我栋梁之材。是的,唯一觉得少了点什么的时候,就是想到"天生我材必有用"这句老话的时候。老话厉害。让青山绿水刹时间无色无味,少年不知愁滋味。这点少年忧郁,在坚硬而又灼烫的路基上,回想起来的时候,不再是青涩的苦恼,而是苦涩而甜蜜的"乡愁"。什么时候有了乡愁?就是离开站立了半辈子的那一天,那一天!那一天有人夸自己了:"真棒!"那人用手拍打着树干,仰着头围着自己转了一圈,然后,搓着两只手,还往手心里吐了点唾沫,举起一只呼呼叫的机器,靠近了树干,吱!……以后,以后就被巨大的震动唤醒了,醒了,却动弹不得,两条巨大的钢轨压在身上,几根像鹰爪一样的钢钉抓紧身体,让一个个呼啸的巨大的钢轮从身上飞快地压过去,压过去,再压过去,把所有关于树和大山的形象压成记忆,把枕木这个新身份压进年轮,把关于站立的所有习惯压成回忆,把躺着,一动不动地躺着,变成命运确定的生存方式。当然,枯燥而艰辛的生活开始了,作为报偿,常听到这样的话,"社会前进的战士"、"时代的尖兵!"、"承担起时代的重负!"等等,这些话,开始是听不懂的,不仅枕木听不懂,我们不也一样吗?时代是什么？见过？什么模样？听多了，也就觉得你知道"时代"是谁了？还有什么"社会责任"什么"历史使命"，好像我们都知道说的什么，真的知道吗？天知道！（我记得，当这些伟大而堂皇的词汇弄得我头脑发昏的时候，也是"文化大革命"闹得天昏地暗的时候，想想也怪，文化怎么大革命？人类发明了许多空泛而伟大的词汇，大多数时候，是当一个人头脑发昏时用它们来使更多的人也晕菜！）好了，这个世界少了一片又一片的森林，森林里少了那些参天大树。人们假装忘记了这一切，因为它们像阵亡的士兵，一排排地躺在铁路钢轨下。人们知道它们想什么吗？它们在想站立的那些岁月。人们甚至包括叶延滨在努力歌颂这些躺下的树，"啊，托起时代的车轮飞速向前，你们是战士，是骄傲的勇士，你们和铺路石为伍，你们让春天的列车带走希望……"多么向上而昂扬的句子，写这样的句子，是因为他没有躺在那里。也许没有错，敢有牺牲精神，这就是枕木的光荣。烈士总应该得到光荣，枕木就是烈士，是森林死去的儿子们！工业革命的烈士们，枕木！工业革命，既然称为革命，就会有暴力，更会有牺牲。人类用暴力掠夺森林，将那些撑起天空的森林王子们变成工业的奴隶，剥掉上帝赋与它们的美丽的外衣，截断披挂着绿叶的手臂，然后用工厂的法则，将它们变得彼此一模一样。最后，再用烙铁烙上不同的编号，一串长长的数字告诉枕木："记好了！你不是第一个殉难者。"事情就这样开始了，就这样从暴行变成了荣耀，就这样变得理所当然，变得成为枕木也认为这就是"栋梁之材"的用武之地。铁路一寸寸地向前延伸，一棵棵的树就倒在路基上，让整个路基成为森林的"士兵公墓"。铁路像蛛网一样充满这个小小的世界，这个世界也充满了森林的哀伤和痛楚。一年又一年就这么过去了，一次又一次那轰轰隆隆的时代最强音，惊醒了枕木们的梦，梦里有不死的乡愁！

  这一天，又是一列火车开过来了，没有什么新奇之处，只是，列车运来的不再是枕木，而是水泥和钢筋铸成的"水泥枕木"——屠杀中止了……我这么想，这一天，我离开了秦岭深处这个小站，我从这个车站的站台上，看到了那列运送"水泥枕基"的货车。那年是1977年，那个车站叫横现河，我在车站旁的一家工厂工作了四年，那天，我离开它，调回四川的母亲身边。哎，枕木回不去了，我向钢轨下的最后的躺成一排的士兵告别，转身登上列车，消失在秦岭的云雾深处！

2007 年 2 月

灯 灭 了

灯灭了以后会发生什么事情呢？先讲一个古代包公破案的故事。说是包大人抓到了几个疑犯，无法断定在这几个疑犯中，谁是真凶。于是，在这一天，包公将几个疑犯上衣脱去，光着上身，关进一间黑屋子里。关进去后，对疑犯宣布："尔等将双手放到这张桌子上，不准乱动，上苍受包公之托，在灯灭了之后，会在你们中间一个人的背上，留下犯罪的证据。"说罢，转身离去，牢头吹熄了灯，关上了门，一片漆黑。过了半个时辰，包公带着牢头，打开牢门，高举灯火，对着其中一人说："你是真凶，给我拿下！"众牢头一看，那人背上留下了许多黑色斑迹。原来，包公将桌上抹了一层黑灰，几位疑犯手放上去，便沾上了墨灰，真凶心虚，用手遮掩自己的背，于是留下了证据。这是一种游戏，它的心理依据就是"做贼心虚"。

灯灭了以后，会发生什么样的故事？现实生活中，还有另外的真实。现在的年轻人没有经历过"运动",要讲"运动"很难讲清楚,于是我想用"灯灭了"再讲一遍。在阶级斗争为纲的左的路线影响下,每个单位隔不了多久就要搞一个运动,每次运动都要抓出几个阶级敌人。于是情形就有点像这样一个场景:一群人被带进一间屋子,包公是上级派来的工作组长,而所有的人都还不知道自己的前途。组长开始讲话:"我们要团结百分之九十五以上的群众,抓出一小撮坏人,我们相信大家,会大胆揭发这些藏在我们中间的……"于是,这群人每人都发给一支饱蘸墨水的笔。灯灭了,一片寂静。再打开灯的时候,有那么些人的身上,便被人涂满了黑色的墨迹。这是另一种游戏,它的心理依据就是:你不是坏人吗?那么你必须找出一个坏人。你不下地狱吗?那么你推一个下去!这是对人性恶的公开煽动。只是在公开场合运动的主持者冠冕堂皇宣扬的是"勇于与坏人作斗争"。这种游戏潜在的依托是大多数人的自私、软弱与冷漠!

一次又一次,灯灭了(文件说是"运动"开始了)。上一次是发一支笔给你(文件语言是"发动和依靠"你),下一次就是让你把手放在桌子上(文件语言说是向你"交代政策指明出路")。事情当然不像我说的这么简单,但是事情确实如我说的如此荒诞。记得文化大革命结束,日本电影

《追捕》在中国上演，引起轰动。也许，今天再次上演，绝对不会甚至只会引出轰笑。那是因为刚刚走出文化大革命的中国人，也是刚刚走出被"运动"追捕的心理阴影。电影中，被关进疯人院的主人公被人诱导跳楼："跳啊，朝仓跳下去了，唐塔也跳下去了，向前走你就会化入蓝天白云……"这是影片的经典片断，凡是经历过那个年代的人都会记住这组镜头。别人为什么记住，我不清楚，我知道我为什么记住，是因为我生活中有另一组真实的画面——1967年，在文化大革命武斗和造反派闹得最厉害的秋天，在四川成都，当时的政权"四川省革命委员会筹备小组"和"支左"的军事代表，将正在被批斗的厅局级以上的干部集中在锦江宾馆办"毛泽东思想学习班"。从造反派批斗的牛棚进到宾馆，也许让这些人有喘口气的日子。我父亲当时和一些大学校长们都住在宾馆七层。我借住在父母一个老战友家，走十分钟路就到宾馆门口。不让见面，但却能传出消息。消息说与父亲同室的四川医学院院长正写着检讨，一步跨上桌子，开窗就从七楼跳下去。消息还说另一位成都大学的副校长，从七楼走到楼顶从顶楼跳了下去！我不知道这个"学习班"里发生了什么事。锦江是四川最好的酒店，却让在这里"读书学习"的人选择了跳楼！我不知道怎么办，从那以后，我每天没有事，就围着锦江大楼，在马路上"散步"。不知道父亲能不能看到我，我想他万一，在推开窗的时候看到我，会知道我为什么在这里，我希望他活着……

灯灭了，黑暗中的人会因为懦弱，做出伤害自己或伤害他人的事情。但毕竟许多人都挺过来了，挺过来的原因很多，有一点很重要，心中的灯没有灭。这灯，也许是自信，也许是良知，也许只是亲情，只是黑暗中亲人的温暖的手甚至只是亲人远远的身影——灯就亮着！

2007 年 5 月

星河与灯河

人的想像力是生活培养的。

我最早的想象力,大概是从仰望星空开始。儿时的夏夜,屋子里闷热,太阳落下去之后,人们都坐在屋外纳凉。平房小院,老百姓的日常生活,那时没有楼。有儿歌:"楼上楼下,电灯电话。"说的就是共产主义的理想生活状态。现在都楼上楼下电灯电话了,有一处小院有几间平房,竟然是"富豪们"才敢想的"豪宅",这是后话。小院里,几家人坐一起,扇着大蒲扇,有权威的爷爷辈们,说着那些说了一百遍的老话,儿子孙子和媳妇女子家各人想各人的心事,一天的繁忙和烦心,都在渐渐凉下来的夜色中,变得平和淡泊了。那时的孩子难得有太多的心事,没有钢琴课也没有补习班,连作业也不多,每学期发两三支铅笔,要省着用,才能用到期末。晚上坐在院子里,最多的时候就是望星星。那时的天空,真的叫做繁星满天,星星亮得让人不得不抬头看它们。现在城里人,十有八九没有看星星的愿望,有了，也看不着，一是灯光太亮，形成一层光幔，二是空气污染也重，透明度大大降低，所以，天空失去了让人仰望的魅力。但是，换一个布景，城市的夜缺少灯光，更没有电视机，连收音机都是奢侈之物，这个素淡而被浓墨一般的夜笼罩的天地间，最迷人的就是那些高悬于头顶上的星星们。这是牛郎星，这是织女星，这是北斗七星，这是银河，大人们指着星子，我就随着那些星星转动着脑袋，啊，这就是天堂，这就是宇宙，在那些星空间，还会有另一个地球吗？天外有外星人吗？也许，我成为一个诗人，最早的想像力就来自小院的夏夜，天高气爽，清凉透彻，让人心生敬畏也向往着天空，向往着飞翔。也许，诗人最好的老师就是我们头上的这块苍天，从屈原的《天问》到郭小川的《望星空》，我觉得，所有诗人最早最重要的启蒙课，都是床前的那片月光，头顶的那簇星斗。浪漫的想像力，最好的准备动作就是抬起头来，面对苍天繁星去想世界！

　　如今不一样了。人类征服了蓝天，天上是飞来飞去的航空飞机，再往上是围着地球打转的卫星群，再往上是人类的脚步踏上了的月球。科学把幻想变成了现实，科学也把天空放进了一个小匣子里，那个小匣子叫电视。如今的孩子们，大概没有坐在小院子里望着星空听传说故事的启蒙经历了。一是高楼林立的城市难得有"接上地气"的传统小院，二是纵然有个小院，也难有头顶繁星闪烁的景象。记得十多年前，我举家从内地省城迁到北京，还在上幼儿园的儿子，傍晚站在北京二环路的过街桥，眼前是两条灯光组成的车河，左面是白色灯光汹涌而来，右面是红色尾灯飘然而去，车流滚滚，灯光如河，儿子张大嘴巴感叹了一句："北京真大啊！"有着一千多万人口和三百万辆汽车的北京，在四环路内的城区看不到天上的星光，天空好像是浴室里雾蒙蒙的镜子，倒映着市区的灯光，天穹是一片昏暗的红褐色，像一块还没有退热变凉的钢板。

是啊，今天在城市里长大的孩子，没有"仰望星空"的记忆，"举头望明月，低头思故乡"只是课本中的句子，只是老祖宗曾有过的诗情，而孩子们对夜晚的感受，不是来自星光，而是来自灯火。站在过街天桥上低头望一眼车河里的灯光组成的波峰浪谷，让内地省城长大的儿子，一下子发现了北京的力量，"真大啊！"大概这一声感叹，不仅来自一个幼儿园的孩子，所有感受过北京车河的人，都会对"现实的"灯光美景所震撼，这种震撼产生的是另一种想像力：世俗的，眼前的，现实的和向下的实际生活中琐碎的事情！它也许是对一个幼儿的启蒙，也许是对一个漂在北京的大学生的鼓励，也许是对一个外地农民工的诱惑，也许还不仅仅如此！记得前些年，接待几位英国作家，那天正好在傍晚，我们的汽车堵在了西三环的高峰车流中，无边无际的车灯，让英伦三岛上来的作家惊奇地说："天啊，怎么这么多车，从哪里钻出来的，这哪里是'第三世界'？这是放大了的曼哈顿！"地上的灯火比天上的星光更耀眼，更辉煌夺目，也更实际更为现实！

仰头望星月的姿态让我们和我们的祖先更接近诗歌，更浪漫，说不好听一点，更能苦中作乐。高者，能淡泊清雅、精神气足，低者，也孔乙己一回阿Q一番、精神胜利。低头看车流的姿态让我们和我们的后人更物质更远离诗歌、更实际，说好听一点，更能享受现实人生。灯红酒绿，这四个字在我们读到的时候，是批判的，是形容词，而这四个字，在今天是现实最具体的街景。真的，我为中国人能如此迅速地创造人间繁华而自豪，但是，我也感慨这充盈于天地间的物质美景，竟然悄悄改变了我们的"人生姿态"。

望不望天上的星星，只是个习惯吗？望不见天上的星星，只是环境污染吗？我想不明白，推窗不知望向那里……

2007年7月

男人的愚蠢

有的男人觉得自己是个男人就天生聪慧,证据之一,就是爱把"蠢婆娘"、"蠢妇人"之类的话挂在嘴上,挂在嘴上,还不是骂人,是用来表示表示自己的宽容,自己的大度,自己的不一般见识。其实,这个世界许多地方确实是"男人的世界",因此,这个世界多一半的愚蠢其实就是男人的愚蠢。包括我自己,这一点很重要,因为知道了这一点,才能写这样一篇短文,像记账,不是为了报销,而是怕健忘,忘了,就会再做蠢事。

吃窝边草。黑道白道上的男人都说"兔子不吃窝边草",可见吃窝边草是男人的愚蠢。因为"窝边草"是生存环境,小环境不好,怎么能发展,大展宏图,连个挂图片的墙壁都没有弄干净是不行的。窝边草指的内容多了,黑道电影里的"朋友妻不可欺",职场小说里的"办公室恋情",都属于"吃草"行为。一般人知道也都不犯规。然而,比吃窝边草更加后果严重的"窝里斗",却往往明知故犯。因为,窝里斗的原因,多是怪上了"窝边草",升职呀,加薪呀,评个奖呀,给个什么"代表"、"委员"名誉呀,这些都是自己的"窝边草",眼看到让身边的人"吃了去",心里骂一句"兔子还不吃窝边草呢!"于是较上劲,与身边的人斗上了。鼠目寸光,就盯着身边那几根或实或虚的"窝边草",一旦有人触及了自己这点利益,就咬上对手,理直气壮地"窝里斗",把自己变成一只红眼兔子,这是男人最常见的愚蠢!世上男人风光的多了,有人当总统,有人当总理,有人当总裁,而且多是男人当,他没当上,也不生气,为什么身边这个小科长、小处长,让别人当上了,他就如梗在喉,血压和血糖一起升高呢?就因为他自认这个科长处长的位子是自己的窝边草!所以男人头号愚蠢就是把鼠目寸光看到的利益当成"窝边草",继而进行无休止的"窝里斗",结果往往是一事无成,因鸡肋而误了好年华。

做大师梦。其实男人开始不是做这个梦。小小孩童做游戏,没有说:我是大师!如果哪个五岁小儿,口口声声说自己是大师,一定是吃错药了。小儿游戏,说出的是男人们想说的真话:我是皇帝!(没有民主思想啊!)我是大将军!(尚武精神啊!)我是大官!(有理想啊!)只是长大了,将军真是当上了,不嚷不叫,一出家门穿军服,谁都知道那是将军,暗自得意就是了。真运气好当上大官，出门有秘书，开车有司机，派头十足，口口声声还在说"人民"、"群众""百姓"，谦虚好呀，谦虚还会"进步"。将军没有当上，大官没有做成，心里又实在觉得自己是棵不平凡的葱，这种人招摇出世，自称大师或请人称自己大师，说大师话，做大师状，不管别人怎么想，自己称出自己有份量，也是一种"老夫聊发少年狂"！反正"大师"是最没标准的"大人物"，不仅炒菜能炒出大师，雕虫能雕出大师，算命测字，捏脚刮痧，也不少呢。

写陋室铭。虽然女权主义说这个世界是男人的世界，除了女皇都是男帝，除了女总统都是男总统，但毕竟当总统当总理的男人少，不说总统，就是省长、市长、县长、科长的位子总数，比起觉得自己是块材料的男人来说，实在是比中彩票的机会都少。于是男人的世界必然是得意的少失意的多。古代有个李白，天才啊，但没有被重用，于是一腔热血化作墨迹，一瓶又一瓶美酒醉成诗句，"天生我材必有用"，李白一生蹉跎，但因祸得名，名扬天下。这个头一开，有本事的也叫，没本事的也嚷，都以为笔下能得身后名，个个都在写自己的陋室铭，牢骚大盛而才华浅，白白浪费了一堆纸墨，自己活得累，让别人也跟着烦："哎呀，老兄有完没完！"

捞水中月。男人大多心怀天下,换句话说,一般对过自己的日子不上心,总是关心别人的事情,关心窗外的风景,关心身后的功名。关心别人的事情是蹲在马路边下棋的"作料",扯闲话是男人一大本事,八十岁老翁与妙龄少女成婚会引出老公鸡涨价的联想,布什下台奥巴马上台说起来好像他在安排。最没谱的是身后功名,写了几篇文章几句诗就有了"让三百年以后的读者珍藏"的理想,还刚退休就想到将来会有多少人给我送花圈?追悼会谁来念悼词?评价是"优秀"还是"杰出"。让没影子的事情弄得魂不守舍,惶惶不安,血压上去了,血脂上去了,血糖上去了,老婆直叫:这种日子过不下去了!

男人的愚蠢很多,只说这四种,这四种是自认为聪明的男人,比方说像我这样的人以及比我更聪明之辈,最容易发晕犯蠢的表症,写下来,自己看为主,也贡献给读者,读后一笑,笑自己还是笑您想到的哪位,笑了出来就算我没白写。

2009 年 4 月

睁眼闭眼

　　唱二人转的小沈阳这一年火了，说不上是喜欢还是厌烦，但他说的那话，让人忘不了，一闭眼再一睁眼这一天就过去了，一闭眼再不睁眼这一辈子就过去了。这话厉害，生活的节奏和生命的长度，就在这睁眼闭眼间都说到了。

　　认真想一下这个题目，还真耐人寻味。睁眼闭眼间我们都怎么哪，活着，为生活奔波，还有做一个又一个的梦。活着，就是能吃能喝能喘气，光这样，活着也没有大的意思，所有的动物，小到蚂蚁蟑螂，大到鲸鱼犀牛，吃喝拉撒带喘气。所以小沈阳的师父赵本山有理了，这活得没劲的痛苦就是两种状态：一是人活着而钱没有了，二是人死了而钱却没花光。

　　如果就是吃喝喘气，人的一生就这八个字:睁眼闭眼，有钱没钱。嗨，够没劲了。

　　但毕竟人不都这么活着，人活得有没有劲，关键在于有没有"想法"，通俗点说，有没有想头！老辈人变成三个字，精、气、神。

有了想法，人就活得五彩缤纷，这世界也就五光十色，外面的世界很精彩，人人都知道。七十二行，天文地理，三教九流，诸子百家，宏观微观，科技哲学，林林总总，让我们来到这个世界就深陷其中，红尘滚滚中身不由己，有想法的人也活得累，忙求学，忙成家，忙置业，忙发展，忙竞争，忙功名，忙忙碌碌一辈子，一眨眼就过去了！什么叫一眨眼，也就是快速地睁眼闭眼一次耳！

人生苦短，庸人也叹，英雄也叹，其中的甘苦滋味不一样。像动物一样，吃喝喘气一辈子，没劲，睁眼闭眼之间开支了全部生命；人在江湖，奋斗拼搏一辈子，够累，累得长嘘一口气就仿佛刚明白人生苦短。

于是有人说：智者寿。我想，何谓智者？我想，智者何来长寿？

智者，就是有脑子的人，当他发现只会吃喝喘气与动物没有两样，他就要求自己活着也思考着，用脑子活着。

智者，就是有自己脑子的人，当他发现只会按别人的嘴巴闯世界，就会人在江湖身不由己，他就要求自己不仅要闯世界，还要用自己的脑子去思考这个世界，睁眼看天下，闭眼想宇宙。

智者的脑袋有两种作用，一是先知先觉。人

都是学而知之，学习前人，然后总模仿前人追随前人，只是庸常凡人。智者学而后知不足，敢怀疑先人，敢超越圣贤，敢挑战权威，这样的脑袋才是自己的脑袋，小到诗韵曲律，大到宇宙天地。"王侯将相，宁有种乎？"想出这句话的陈胜肩上长着自己的脑袋。智者的脑袋第二种作用是善于总结，活在世上，有的人沉浮宦海，有的人弄潮商海，有的人行走江湖，有的人泼墨笔耕，各有各的活法，只是活明白了的人不多。"满纸荒唐言，一把辛酸泪！"贫病终生而写出了红楼一梦的曹雪芹用自己的脑袋想明白了千年文人没悟透的世象百态。

　　智者就是有自己脑子的人，智者说到底也就是少时敢想他人所未想，成年能悟他人所未悟。敢想，叫有理想的抱负，是朝前看的人生，生命的长度向前延伸，从鼻子下的现实得失，将生命的触角伸向地平线。善悟，叫能回首往事总结人生，生活过的酸甜苦辣重新嚼出另一番滋味，生活的长度，就从一次人生变成再三重温，不仅长久，而且厚重。

　　智者寿，寿在敢想，寿在多思。用一句大白话解说：没有理想，上半辈子，白活了；没有回忆，下半辈子，白活了。是这个道理吗？细想一下，真是。

人一辈子，就在睁眼闭眼间，只是，睁开眼，没有理想的人，其实啥也没看到；只是闭上想，没有回忆的人，其实也等于没在这世上来过。多简单的道理，想想，惊出一身汗！！

　　我们许多老同志，年轻时有理想，也许那理想今天显得幼稚，但上半辈子就没白活；年老了有回忆，也许回忆中也甜也有酸涩，这下半辈子就有了味道！有理想有回忆，这睁眼闭眼的一辈子就无憾无悔，值！

2009 年 5 月

同行一程

出门旅游是件值得认真回味的事情，通常旅游总在意"景点"，旅行社卖的就是它们，人们花钱受累费时间，也是冲它们而去。比如，巴黎的大铁塔早就熟悉了，只缺亲眼见，飞过大洋横跨欧亚，花费那么大的代价，到铁塔跟前，坐着老旧的笨电梯，上去再下来，然后跟着导游的小旗，像一群羊溜溜地走了。唉，我们这些观光客目标一旦太明确了，真就是：上车睡觉，下车尿尿，晚上住店，白天看庙，手握门票，照相就笑。

多走几回就发现，目的地和景点其实就是个标志。重要的是这一个个景点串起来的过程。享受整个过程，才对得起我们花的银子、费的时间，在外流浪一圈。有了这层觉悟，我渐渐能体会旅游生活的旖旎风光了，这风光不仅是旅行合同上写下的景点，不仅是车窗外变幻的山水，就是车厢里的这个旅行团，也情趣盎然让人着迷。

大概旅行团算是一生中最短的"小社会"了，从集合上飞机到飞机回到出发的那个城市。这些人就是你单位里的同事，就是你大杂院里的邻居。背景变得快，一天一个城市，快速的跑片，压缩版演义单位里的逢场作戏，大杂院里的亲疏恩怨。

　　坐在头一排的那个女士，一路上都在做瑜珈。坐在后排的我，看不到她的头，只能看见她穿着袜子的脚，在前排用各种姿态冒出。坐在后排就像在看木偶戏，不是用手表演，而是脚丫子当主角。用得着在旅行途中坚持做瑜伽？当然大可不必。但人家就是做了，不看也得看。如果她再年轻二十岁，就不必用脚尖，直接用脸吸引注意力。是说人老珠黄吗？年轻那阵脸上抹的东西太多了，现在真成了名副其实的黄脸婆。黄脸无妨，练瑜伽让身材发挥吸引力。坐车的时间比走台步的时间多，也没关系，就在座位上练，不信没人看。比如我就是看客中的一位。一边看一边想，幸好办公室里没有这一位！长长地舒了一口气，对自己那个让人经常头疼的单位，实实在在增加了一分好感。

　　后两排有一个七八岁的小孩，一路上就没有停过嘴。叽叽呱呱地说着大人常说的废话，"品位不高"、"土老帽"、"艺术气质差"……活脱脱一个微缩版的九斤老太太。这是京都和省城里某些院子里长出来的小葱苗，名门还是新贵？要命的是，在这位葱苗边上，两位并不痴呆的白领男女，却一阵阵地发出惊呼和笑声："真逗！太聪明了！妙语连珠啊！"其实，除了孩子被他俩捧得像个小猴般手舞足蹈，车里的其他人都明白，这些话都是说给孩子的爹妈听。爹妈带着部下一起旅游，部下知道该说什么。其实哪个单位没有两三个这样的"宝贝"？闹有背景的"宝贝"爱闹事，其他的人只有两个选择，要么睁眼说瞎话地捧着这位，要么受气出力收拾这位甩下的烂摊子。唉，还是旅行团好，摊上了这么一根小葱，不闻就是了，戴上耳机，照样看风景，不碍事！

　　遇到了这位邻座算是这次旅行出了一次"事故"：比丢了护照事小，比买了假表事大。这邻座没事就划拉头发，头发不多，头皮不少。划拉完头发，手也不闲，抠脚趾挖耳朵搓汗泥。车一停站他就下车去吸烟，让人刚轻松十分钟，他又上来了，冲着你耳朵就说他的知心话，话的热情度不高，带烟味的唾沫星喷人半张脸。这也就是命！必须想办法换一个座，换了座，这次旅行才不会阴云密布！他当然不是个坏人，我要感谢上帝让我在旅行团遇到他，如果上帝在单位里让我遇到他，而且是搭档就惨了，要么跳槽走人，要么辞职回家。想到这里，我打心眼里感谢导游，他那么善解人意地让我挪了个地方，而不是像我的上司笑着对我说："要善于和各种人共事，我们来自五湖四海，多看别人的长处嘛……"谢天谢地，导游还没有学会这样原则性强又永远正确的官腔，我高兴得心里洒满阳光。

最好的旅伴是真正来旅游的人，穿休闲装，客气地打招呼，不多言多语，遇到上面这些特殊团员，最多抿嘴微笑。这种人多了，旅行团就是个和谐社会。我努力成为他们中的一员，我发现要做到也不难，做到三点就行：一不是车厢里声音最高的人，二不是最后一个上车聚焦目光的人，三不是导游总想躲开的人。不难吧，有些人竟然一辈子也做不到，奇怪了！

2009 年 7 月

不同你玩了

这是一句小孩才说的话。这句话会唤起许多的记忆。

一群孩子在院子里游戏，好好地，又跑又跳，突然，这群孩子对着一个孩子说："不给你玩了，就不跟你玩了。"那孩子半张着嘴，想说什么，没有说出来，眼泪却流下来了，他用牙咬着下嘴唇，转身离开了这群孩子，那些孩子啊啊地笑着跳着，好像欢呼着一场比赛的胜利。

我觉得这个场景就在昨天，我该是他们的爷爷了，但就是那一句："我不同你玩了！"让我感到这个世界最早的寒意。我认为，游戏是人生最重要的课堂，孩子们在游戏中长大，学会与人交往，懂得友爱与友谊，明白互助与互利，同时也会知道争斗，知道羡慕和妒忌，知道委屈与孤立。

一群孩子呼啸而来，我是他们中的一员，也许因为我做得不好没有让"孩子王"满意，也许因为我的出众，让比我更有威望的孩子丢了面子跌了份："不同你玩了！"为什么？没有为什么，就是不同你玩了。我在人群中用目光搜索我的"铁哥儿们",而我的好朋友害怕也被孤立,把脸扭到一边,一只脚在地上不由自主的蹭来蹭去。这时,我感觉这个世界真的太让人失望了。我忍住眼泪,跑回家,妈妈一眼就明白出事了:"怎么啦?谁惹我的宝贝儿子了。"话音未落,我会委屈得放声大哭,小胸脯像风箱一样起伏,抽搐哽咽得一句话都不成句子。

为什么委屈?因为我们生下来就是家里的宝贝,爹妈捧着哄着供着。游戏是孩子们的事,而孩子的游戏规则也是有"潜规则",有等级,有头目,而等级和头目,有多种因素形成,父母的地位,老朋友和新人,岁数和体格等,如果这个孩子的爸爸是这个单位的一把手,那么在院里没有人敢惹他,当然如果另一个孩子膀大腰粗能打架,也有机会当孩子王。

"不同你玩了!"是我从游戏中体会到的群体生活中重要的惩罚。现在的孩子不仅是独生子女,也缺乏孩子间游戏所进行的"社会演习",特别是那些坐在电脑前打游戏的孩子,不会知道这句话的份量。

"不同你玩了!"这是一个群体对你个人宣示的惩罚。人是社会动物,渴求交往,追求他人的理解和承认,这是在孩童时代就会显露的天性。

最彻底让我明白,当别人向你说这句话不一定是你的错,那是在读高中的时候。文化大革命开始了,学校里有了红卫兵,我是共青团员还被选为学生会的学习部长,突然一下子变成黑帮子女了,官方正式说法叫"可以教育好的子女"。我认真地感受到,那些戴着红袖章的过去的同学和朋友,一起对我说:"不同你玩了!你玩完了!"我第一次懂得骂人不带脏字:"可以教育好的子女"!没有一个贬义词,但不明明白白在说"你现在不是个好东西"吗!我被激怒了,我想明白了,我扭头就做自己的事,找到三个还认可我的同学,组织了一个长征队,在红卫兵们坐着火车大串连时,我们走了六千七百里路,从四川走到北京,干了人生一件无用但值得记住的事,就这样走进了社会生活……

参加工作后,常常感受到荣辱无端,毁誉无定。一段时期像中了头彩,好事接着好事,领导重视,同事支持,群众满意,荣誉无数。另一段时期好像噩梦缠身,倒霉事接着冤枉事,领导不满,流言不断,冷板凳伺候。所谓宠辱不惊,难的还是后者,热乎乎的脸贴上冷屁股,热乎乎的屁股坐上冷板凳。

不同你玩了。老板跟你说,换一种说法:"请另谋高就。"领导跟你说,用另一种语调:

"组织上考虑根据（下面任选一词组填空：群众反映、工作需要、政策规定、集体研究）决定你……"

以我的经验，遇到这种情况，光委屈没用，学秋菊要个说法更傻（用自己的全部精力，去证明老板或领导的一个小失误，绝对是对自我生命的浪费！），自己需要很快地将官话或光鲜词藻转译回那句话："不同你玩了！"早早地想自己的辙。我觉得这一生最重要的人生体验之一，就是能够领会听懂这句话的各种变调，尽快说服自己适应新境遇：走人换场子或者耐下性子坐冷板凳。

走人换场子，是找另一拨人一起玩，结束走下坡路的日子，企稳向上，这点谁都懂。

坐冷板凳，也是常事，有时换不了场子，只有坐冷板凳。前提是不想当秋菊不觉得自己是窦娥，就能坐得住。常有人说：叶延滨呀，你写了几十本书，哪来那么多时间呀！说真的，一半是坐在冷板凳上写出来。冷板凳不可怕，不就是没有理你吗？不就是让你干不了该你干或你想干的事吗？然而，谁能让你，眼读不了书，手写不了字，脑子想不了问题呢？中国会越来越民主，社会将越来越开明，不该再有文字狱了，不会有老虎凳了，但恐怕在可预想的日子里，坐冷板凳，老板和领导客气地对你说出那句话的各种版本，完全仍有可能！

"不同你玩了！"一群孩子对着那孩子叫。那孩子突然转身大声回答："我自己玩！谁怕谁呀！"

啊，这就是今天的孩子，我那时也该这么大喊一声：你以为你是谁呀……

2009年8月

蝈蝈、骨牌与打草惊蛇

我最早的自我游戏,有点像砌搭多米诺骨牌。那时,父亲在大学任职,很大的房子,很空的家,很少的人,少到经常就我自己在家。平时,我不与父亲住在一起,我上寄宿学校,周末回到母亲那里,母亲在城里的机关上班。只有放假了,才到父亲那里住一段时间。父亲所在的学校,在成都西郊的光华村。五十年代初,就是建立在乡间田野里的一所大学,连学校的围墙都是竹篱笆。大部分的校舍都是平房,最初还有不少草舍,到了1956年和1957年,才变成了青瓦盖顶。1957年那年夏天,到父亲处度假,就像下乡,住两层的小楼,一出门,完全是乡村景象。父亲身边一直配有警卫员,给大学校长配警卫,可见天下大定不久。警卫员姓张,叫张余祖,后两年又改叫通讯员。下班没事了,就带着我们捉蝈蝈,抓知了。那时的蝈蝈真多,一早出去能抓几十只回来,把蝈蝈放在玻璃窗和纱窗之间,那是最好的蝈蝈笼。蝈蝈爱叫,晚上一起叫起来,能压过外面的蛤蟆声浪。我就在窗户上拴一个小棍,一头捆上绳,绳的一头引到床头。晚上睡觉,被蝈蝈的百家争鸣吵醒了,拉一下绳头,咚地敲响了窗框,刹时万马齐喑,继续睡太平觉。在乡下度假,鸟啼蝉鸣,风清气爽,常是睡得日上三竿不觉晓,醒来,恨那大好时光昏昏然过去,不甘心。于是便在闹钟上下功夫,不仅要有响声,还要有动静。那时闹钟都是机械型,小铁锤当当地敲钟上的小铃,叫"双铃马蹄闹钟"。在闹钟小锤上系一根丝线,线的另一头摆着一排骨牌,骨牌的另一头,放个皮球。铃声一响起,丝线一抖动,骨排一个接一个地倒,骨牌先是被动挨打,然后又去打击下一张骨牌,传递着力量和不安,最后一张骨牌把力量传给皮球,滚动的球最后砸在脑门上,起床了!这是孩子的游戏,我从这个游戏中发现我的智慧,我觉得我能当物理学家。那阵子,我爱读苏联版的《十万个为什么》。

张余祖这个通讯员的名字能叫我记住,实在是个奇怪的事。许多更熟的同学、同事和朋友,名字都忘了。他只是和我度过了两个假期,竟然像烙印一样忘不了。因为他会捕蛇!晚上他带我出去散步,手里总是提着细竹棍,专门用来打草惊蛇。他说不小心踩上草丛里的蛇,会有危险。有一回,草丛中惊了的蛇,它不逃走,反而向张余祖扑过去。说时迟那时快，他手一挥，捏住了蛇的七寸，将那青蛇提起来，一扬臂远远地丢到小溪那头去。后来，他告诉我，他父亲是卖跌打刀枪药的郎中，专门抓蛇、蝎、蜈蚣等毒虫制药。他从小就抓这些虫豸，习惯了。

这本来是件不大的事，但对一个小孩，印象深刻。印象再深，能记住他的名字，还在于这个夏天不平常。那时，在校园里散步，看见教室里常发生激烈的争论，争得白热化了，就会有人被架到讲台上，低头听别人的呵斥。后来才知道，学校在搞"反右"斗争了。多年来，一说到"反右"，常有那句"引蛇出洞"，于是，我就想起那个郊外乡下的晚上，那个能抓蛇的张余祖，那个他爹教给他的打草惊蛇的"夜行人"路线。

"引蛇出洞"要比打草惊蛇更具政治斗争的色彩，更"阳谋"，这种事情，是不能干第二次的，无论是谁！蛇在洞里，蛇不伤人，何必伤之？有毒无毒，一律灭杀，是蠢是诈？何况，一旦世上蛇被扑杀，必使鼠辈疯行无忌！更重要的我倒觉得，那个夏天，在我的记忆中，有两点真值得反思。一是我小小年纪，怎么就想到把所有的蝈蝈关进纱窗里呢？一面是玻璃窗，让蝈蝈们感到风景如画前途光明，另一面是纱窗，让它们空气清新自由呼吸，一旦蝈蝈们放声歌唱自由争鸣，我又给它们敲一棒子！二是我小小年纪，怎么也会玩骨牌游戏？看"令如山倒"，一倒都倒，被人打击者，再去打击别人，谁都是链条中的传递者，这不是在建造一种"机制"吗？

那个夏天过后，我再也没去这所郊外大学的校园里度假了。第二年，我的母亲从省城下放到偏僻的大凉山"锻炼改造"，一年后，留在了当地师范学校当一名语文老师。母亲回不了省城，我也坐了三天的长途客车，去了大凉山，和母亲做伴，在大山深处开始了底层少年的生活。

我童年生活最后一个夏天的记忆：蝈蝈，骨牌和一条草丛里的蛇。

2009 年 12 月

一个坚硬的泡沫

据说每年都要预测经济风险的某一世界机构预测，世界面临的经济风险，中国的房地产高居第二位，房地产泡沫的争论于是响起。

房地产的泡沫在哪里？在北京、上海、深圳等房价上涨的一线城市？不像，因为一个最基本的事实，不是北京、上海、深圳等一线城市的房子不仅是北京市民或者深圳市民在买，而是全中国富起来的人都是实际而潜在的买家，这个供求关系或能要在几十年以后，在城里人富得不想在城里住了，在乡下小镇有房子成为高贵生活的象征，那时，也许北京的房价会降下了。这个日子不会远，最远不过七十年，因为现在趴在首都大地上的房子，到那时都"到了保质期"了。

房地产的泡沫在高档别墅和高档豪宅吗？我不住豪宅，但我不反对建造豪宅和出售豪宅。豪宅所建之地，都是"地王"，首先政府代表人民收获一大笔财政，然后是税收，然后是拉动各个产业，然后是富起来的富人把他们的钱变成城市的地标风景，他坐在房里看风景，看风景的他成了大众的风景。政府得了实惠，老百姓也没吃亏。富豪们把钱投到豪宅，比拿去炒期货强，炒粮炒油炒股票，都会让经济乱晃。炒毒品炒军火那就是黑社会了，富人们会有人干这样的事？当然富了有钱了，还是多捐助灾区行善好，不过，也不能为了希望富人们学雷锋，天天闹地震呀，所以，还是让他们变成我们美丽城市的风景吧！

  房地产肯定有泡沫，但这个泡沫不会破，好像是哪位地产大亨的名言。我同意，因为房地产中最坚硬的一个泡沫，还没有进入人们的视线。这个泡沫是什么呢？国家审计署原审计长李金华说："中国公务员人均办公面积世界第一。"请注意，这是中国许多个世界第一中的最令人担心的"世界第一"。因为，紧接这个第一，还有中国公务员人数世界第一，中国政府行政开支占国民经济的比例世界第一。这是可以公布的"世界第一"，还有不能公布和无法公布的中国公款消费世界第？中国政府公款会议消费世界第？

  在我记忆中，经常有这样的文件："不准建楼堂馆所。"现在不知有无相关规定，政府手上有钱了，如何没有管，花起来肯定大方，因为花公款盖"楼堂馆所"在今天好像不算什么问题，而且已经成为许多官员的政绩。举目望去，许多城市最富丽堂皇的建筑是当地政府的办公大楼,最阔宽奢华的广场是政府前的广场。在夸富比阔的竞赛中,有的政府部门远远跑到了富豪们的前面!

中国公务员人均办公面积世界第一。这个信息,除了说明我们政府的硬件条件已经领先于世界各国,那么行政办事效率呢?那么政府公务员的素质呢?我觉得里面有许多信息传达需要我们认真思考。我也坐个办公室,也领导过不大不小的机构。我个人的体会,办公室是做事的地方:一,我记得一个比我级别更高的人对我说过:"官不修衙。"这话出处何在,尚不了解,但我认为太有道理了。因为任何一个老百姓都知道,修办公大楼的钱绝不来自坐办公室的人自己的腰包,办公室越牛气,老百姓越在心里打鼓。办公楼应该是真正的"经济适用房",也应按经济适用房的要求修建。二,办公室是用来办公的,也就是干活的地方。我早些年曾在办公室贴过一张纸条:"谈话请勿超过五分钟。"效率大显,只是越来越不合时宜,这张纸条也就从我办公室消失。三,办公室要考虑别人的观感。特别是各级政府部门,几次出访欧洲,当地的市政办公室有的已是几个世纪的老楼了,低调务实让百姓和市民心里踏实。

有人说办公楼是政府的面子和牌子。我想这句话不错。如果一座城市的政府大楼和富人们的豪宅比肩，人们会有什么联想？说得好不如做得好，政府大楼在城市里站着，老百姓看着呢！如果一个城市的办公楼与经济适用房一样朴实平和，大家会想起政府没有忘记自己前面的两个字"人民"，是"人民政府"嘛。

"中国公务员人均办公面积世界第一"——一个坚硬的泡沫！

2010年1月

我的科学误区

我是一个爱好科学的人，甚至是一个迷信科学的人。"啊，不对，'迷信'与'科学'是相悖的东西，你怎么用迷信来对待科学？"谁在反问呀？你刚一看到开头，就提出如捅刀子的尖锐问题，叫我怎么说下去呢？其实，也许我们想到一起去了，只是我说我自己，就叫：我的科学误区吧。

我最早的自然科学知识，就是世上没有上帝，也没有鬼神。这叫唯物主义，然而这个唯物主义，还有一个附加物，人是世界上万物之灵，只要有了人，什么人间奇迹都能创造出来。附加的认识让我很兴奋，于是根深蒂固。只是，随着巨型天文望远镜，我越来越明白，我原知的世界也就是这个地球，在浩如烟海的宇宙中只如一粒细砂。人原来不是最伟大的，没有上帝，没有鬼神，人不能自认为是上帝的替代物，这是我最近的觉悟。最近的觉悟还有个附加物：地球上所有的奇迹都是人创造的，同时地球上所有的罪恶，包括毁灭生灵让许多物种绝迹的罪过,也是人干出来的。

我最早的社会科学知识,就是这个世界上只有两种人,穷人与富人,穷人是受压迫受剥削者,富人是掠夺者和盗窃者。认真地讲,我那时见到的穷人是户口本上的穷人:出身贫农或者贫民。我那时见到的富人也是曾经当过富人,同学填表写家庭成份:地主。在我进入这个社会的时候,平均主义不仅是理想,而且是实践。因为插队,我知道农村的主要财富是粮食。粮食分配以人口为主,占七成;以劳动量也就是工分数分配为辅,占三成。生孩子多的人家分的口粮多,而劳动干活的人却吃不上饭。在人民公社大搞平均主义的年代,最大成果就是猛烈地促进了人口增加。与此同时,贫农的儿子与曾经富有的地主子女之间"阶级斗争"最大作用,就是让人们在猛生孩子时,不断培养对富人的仇恨和消灭想过富日子的念头。阶级斗争对我来讲,最深的印象就是:消灭富人,多生穷孩,大家都过穷日子。改革开放二十多年,从让一部分人先富起来,到全民目标"小康社会",从观念上讲,就是消除"最穷最革命越穷越有理"的穷棒子精神,从实践上来讲,就是"消灭"穷人,让越来越多的穷人变成富人。比方说,福布斯搞了个"中国名人榜",标出了当今文化市场上一些人士,从最年轻的田亮到年纪最大的余秋雨等百位名人的市场估价。名单出来，风平浪静，真是世事大变了！退回去三十年，不招一百队红卫兵上门抄家才怪了。应该承认，我有个病根，忘不了那些在我父亲脸上挥动拳头的大学红卫兵造反派们的手，只因为我父亲是他们的校长！是的，世事变了，中国人该过过富日子了。只是大家都别忘了，中国还是世界上穷人最多的国家之一，我时时提醒自己，别忘了穷人。

我最早的生命科学知识，就是"人生能有几回搏？"就是"一不怕死，二不怕苦！"就是"舍得一身剐，敢把皇帝拉下马！"就是"枪一响，老子今天就死在战场上了！"那时候，新中国刚建立，朝气蓬勃又运动不断，生机盎然又斗志昂扬，于是，拿健康去搏学业，拿青春去搏理想，拿生命去搏功名。回头看，干了不少荒唐尴尬事，走了许多匪夷沦落路，到了自认为一切差不多的时候，最差的就是健康了。于是，也健康第一，也健康至上，也听健康讲座，也读洪昭光的《健康手册》。读了后，反倒生出了困惑。年轻时不惜命，却酸辣苦咸，尝够了人生滋味。真过教授指点的日子，"慈爱心一片，好心肠两寸，宽容四钱，正气三分"，再加上一份标准食谱，这日子过起来，也太像流水线上养的鸡了。

我最早的医学科学知识，就是有了病就要找

医生。那时候，只要是医生说的都信，后来发现医生也有医生的困境。比方说，安乐死，就是一个难题。母亲晚年，得了严重的肺心病，最后五年都在医院常驻，插在鼻孔氧气管也插了五年。五年里不断地病危，一个接一个的抢救。这五年，母亲最多的话题是：让我死吧。她说："我现在明白什么叫'不得好死'了。死都办不到，活得真难啊。"每次抢救后她说："你们又让我上了一次刀山，下了一次火海！"我知道真孝顺是让母亲能早点安息，而我办不到。安息吧！我们常说的三个字，原来安息也是一种幸福。母亲最后的经历，让我感到医学有时很无力。母亲最后的经历，让我感到医学有时很冷酷无情！

  我最早的数学科学知识，是加法，一加一等于二，这是计算的起点。我今天对数学的认识，就是希望大家都会做加法以外，还会做减法。比方说，美国总统在朝鲜有没有一个核弹上做足了文章，也该做这文章。只是我知道拥有近万枚核弹的超级大国，万一出现万分之一的失误，对这个世界的威胁实在就比"可能的朝核问题"大得多了。当然这万分之一的危险比起当美国总统吃子弹的机率，还是小得多。我们知道美国总统被刺的机率大于百分之一，但勇敢的竞选者从来不考虑这个数学问题。

……唉，幸亏世界上有了科学家，让我们有了科学作为人生一大支柱。也幸亏绝大多数人不是科学家，让我们走出误区时，有了自我解嘲的勇气。

2010年3月

"不……"的权利

"老叶啦,你还不知道吧?张某某最近在网上火得不得了,他的神鬼系列得到了某位大评论家的高度赞扬,出版社据说竞争激烈,纷纷出高价要出这本书呢?怎么,你不知道?你怎么能不知道呢?哎呀……"我觉得他的惊讶没有道理,我为什么一定要知道呢?不知道又有什么关系呢?是的,如今是进入了信息时代,信息时代是什么?从"知道"这个角度讲,就是所有的信息发布者,都想让你成为某种信息的知道者,因此,信息时代要想活得自在一点,活得自由一点,就要努力从信息网中挣脱出来,成为一只漏网之鱼!天天说知情权,也同时应有不知情权,有时候,不知情权更重要!

"你就是孤陋寡闻成了习惯,我每天上网八小时,你呢?一个小时都没有!我都替你着急!前天告诉你网上有个帖子,说你写的一篇文章,有三句话是抄他的,我看了都气不打一处来,怎么你就不看一眼呢?唉呀,这也是个机会啊,真理越辩越明嘛。不争论？不争论算个什么事啊？"对了，对于网上个别匿名的文章或是帖子，我记住一个老爷子的话，不争论。不争论也是一种权利，特别对匿名的对手，披挂上阵与影子交战，比唐·吉诃德还可笑。

"那你还有什么'不……权利'，说来听听！要说实际的，有用的，办得到的！"

好吧，刚才就算说了两条：不知情的权利（也可以正面叫做拒绝垃圾信息权），不争论的权利（也叫保持沉默权）。还有不听大话空话套话貌似正确而无用废话的权利，在信息时代这也是一种严重浪费资源的垃圾信息，常出现在报纸的头版，电视的黄金时段，讲话的某某领导在念秘书的作业，听话的人全神贯注做出认真倾听的样子，其实这种仪式他自己深知是官场规定动作而已。当然，如果是在上班时间，是工作的一部分，没办法，恪尽职守，分配给你的角色是个龙套，你只能走这个过场。除此之外，它出现在报纸上，你可以翻页，出现在电视上，你可以换台。总之，我有不听废话的权利，接收了过多的废话其结果难免会变成废物！

本来拒绝垃圾信息，对无益的争论保持沉默，少听废话，都是人生常识性的取舍底线，但在这个信息高度发达，信息发布者对于每个人都保持着强势姿态的时代，这些常识底线被抹掉了，一些骗子也常常在媒体上堂而皇之大行其骗，几番忽悠让我们一次次受骗，因此，还要加一句不被骗子忽悠的权利。其实，骗子的骗术大多不高明，但因为我们过于相信媒体，习惯性的认为：媒体就是真理的喉舌。看来喉舌也会得病，知道了这一点，才能保证自己那小小的"不受骗的权利"。

在媒体上忽悠我们的当然不全是骗子，还有就是只为忽悠而忽悠，叫做娱乐。娱乐中还要你参与，叫做互动。互动就是忽悠。忽者，互也，悠者，动也。他在上面说，我在下面动。他在上面装傻子，你猜你猜你猜猜猜！他装傻子得出场费挣大钱，我打电话发短信虽只是舍了小钱却成了傻子。他在上面包装新人为公司捞提成，我在下面晃动荧光棒大叫鼓掌当粉丝充人气，他成了人，我化成气？所以，在娱乐至上的时代，我还可以建议自己：不被忽悠的权利，不瞎呼喊的权利，不跟着剧务鼓掌的权利，总而言之，不要把自己变成人气中一份子，而人气在信息时代是利益的另一个名称。

"如果人人像你说的那样，我们怎么能发展信息产业，怎么推进各项工作，特别是娱乐业，不可设想会……"对不起，别着急，目前我只是对自己提这样的要求，我只是让自己记住在信息爆炸的时代坚定地记住自己的权利。叶延滨自己要做到恐怕都难，但我想做到，想做到的人也不会只有我一个，所以写出来，请你督促，谢谢了。

2010 年 8 月

从用屁股和红包思考说起

这是一个让人想到学问的词,想到深刻,想到非凡的理论与精彩的文章。这是老师们最爱说的一句话:同学们,思考一下这个问题该怎么回答。可惜的是我离教室远了,我进入了一个变化了思考方式和内容的大千世界,我渐渐忘记了思考是大脑的主要功课,而且在许多次大脑思考后的行为,被人耻笑"多傻呀!""真是刚出校门,书生气!""你的脑子进水了?"我的脑子没有进水呀?我认真研究别人的思考方式,我发现,我的确错了,因为只有老师才要我们用脑子思考,因为学生回答课堂问题才用脑子思考,在职场,在走出校门的这个花花世界,思考更丰富更多样:

用脚思考,这是进入职场第一课,跑快点,快在别人前面打表上班,剩下的时间那怕你比别人动作都慢,但考勤钟告诉老板你最快。脚步快一点,脚步轻一点,在老板上电梯脚步停下让一步,你的脚步告诉老板和他人,你很有脑子,你懂职场规则,你的脚步得到了夸奖:"好啊,有进步了！"听，不是进水，而是进步。

　　用屁股思考，这是当你晋级或者有了坐办公室的机会，你要珍惜放置你屁股的那把椅子。有位大人物说过："屁股坐到那一边的问题是首要的问题。"坐在你现在坐的位子，你的屁股告诉你应该明白，你的地位是上司的属下，为上司负责重于一切，否则，上司会让你的屁股挪开，把这把交椅让给另一个屁股。脑袋听屁股的，屁股听椅子的，这个反向的行为叫做"忠于职守"。要问为什么？要问对不对？别问，问出想法来，就会"如坐针毡"能坐得住吗？

　　用舌头思考，有句成语黄鹂学舌，就是要用自己的舌头说别人的话，这叫做学识渊博，叫做精通业务，叫做功底扎实。用舌头当钥匙，打开书库，翻开资料，点击搜索。领袖语录，领导指示，行业规范，经典案例。现在当学识渊博的人最容易了。以前要读书抄卡片，背书翻字典，现在好啊，会开电脑，会敲回车，会下载，就会成为学界的武功高手。官场上哪一个不聪明，都在说别人说过的官话；职场上哪个不精灵，都要学老板的腔调。所以宁可油嘴滑舌，不可油头滑脑。前者上司会说："小鬼真顽皮。"后者老板会说："小庙放不下你这个大菩萨了。"

　　用表情思考，做事做久了，升职升大了，离

老板近了，离上司也近了，这时，揣摩老板和上司的心实在是个大难题，一句话说错了，全盘皆输。这时，不动脑，少动嘴，多动眉眼和四肢。上司讲话，笔记要勤，其实讲话都有讲话稿，埋下头来做笔记，省心并且有态度；上司讲话，拍手要勤，拍得要热烈，拍到点上。在不需要拍手，又没办法做笔记时，比如巡视过程中站着讲话，要跟紧让上司看得见，要多点头，让上司有感觉，如果有电视记者跟着，要争取入镜头，有摄影记者拍照，要搞到一张，放大后挂在办公室。

用红包思考，红包是职场的炸弹，也是职场的润滑剂。同事之间，结婚、乔迁、生病、添子，都需要红包发言，你来我往，击鼓传花。对于上司和老板，就像对待庙里的菩萨，不能少了香火，不能只拜观音不拜普贤，见庙烧香，见佛磕头，心诚则灵。都说要廉洁，都说奉公，然而红包越送越大，犯事的主子越来越有名头，这事还是那句话，别过脑子，过了就想不通，想不通就乱分寸，乱了分寸自己先退场！

用鼻子思考，过去常说一句话："这个人的政治嗅觉太差。""这位一身都透着资产阶级腐朽气味。"现在也不过时，官场也罢职场也好，总有些流言蜚语，总有些变动风声，谁升谁降，合并转让，买进卖出，都会波澜翻动，闻不出其中的味道，也就算不上职场老手了。

　　呜呼，思考本是脑袋的事，现在不用脑子的思考多了，用脑子的少了，潜规则里的人是进是退，难说，但用脑子的人少了，这个社会肯定有病，治病的药方是什么呢？真的需要用脑子认真思考一下了，用脑子想！

2010 年 9 月

"剿灭小三"的秘笈

　　这位是上过电视台"讲坛"的名人华教授，小莉一看见他，就认出来了，他对幸福和"家庭伦理"据说很是权威。"不幸的家庭各有各的不幸，幸福的家庭都是华教授的听众"，这句在中老年妇女中最流行的广告词，让华教授成了中老年妇女的幸福使者。小莉当然还尚未进入"中老年"，但能在这个小规模的聚会上见到华教授，怦然心跳，竖起耳朵，捕捉华教授那瓷器一样清亮而稍稍尖利的声音："幸福的家庭最怕什么？幸福的家庭最可能出现的不幸是什么？许多主妇常常等到不幸降临的时候才说，哎呀，我的老公变心了，华教授请告诉我怎么抓住老公的心哟！"听到这里，小莉心跳加速，是啊，自己现在家庭幸福，但那个可怕的灾祸会降到身上吗？她凑近华教授听他继续说："可惜呀，等到老公变心了，才来找我，我也没有办法，为什么？因为心变了，就不可逆转了，回心转意，那是表面现象。男人都花心，也就是说，是真男人都追求更美更好！

官越当越想当大的，钱越赚越想嫌多的，有了小三会怎样？不用我说，你们比我清楚。"华教授停顿一下，喝了一口茶，他发现全场鸦雀无声，心想："电视上那些掌声都是假的，这无声才是真的水平标志！"华教授接着说："男人没花心，女人不喜欢，当然，女人说，我喜欢的是他的事业心，雄心，说白了，就是不安分守己嘛，这心如果遇到小三，被小三迷住了，就是花心。心善变，这是天下男人的本性，不说我华教授，就是华陀也治不了！也许治了这么一个，没野心了，少雄心了，也不花心了，变成武大郎了，你更惨！"小莉心里说华教授说得太对了，现在北京城里那么多剩女不就都是怕嫁给武大郎吓的吗？要嫁就嫁灰太郎，就怕是披着狼皮的武大郎！

　　这时有人沉不住气了嗲声嗲气地喊："华教授你快说说怎么办呀！""不要急，不要急，只有开错了的药方，没有治不好的病嘛。你们听过一个歌《我的中国心》吗？那是首老歌，那些长得像中国人拿着外国护照的人，最爱唱这首歌，不少的华人去了外国，成了美籍或法籍或汤加籍，做梦都用英语或法语了，但他还有一个不变的什么？不变的中国胃！你看这大北京，全中国的人都在这里谋发展，走在大街上，老百姓分不出东西南北，电视里开会的官员们都穿着西服分不出部门行业。但是一张嘴吃饭就分了群，他长的是四川胃，你长的是河南胃，厉害呀！当了亿万富豪，山西的还是喝醋，山东的还是咬葱！懂了嘛，在男人的肚皮里，最稳定的零件是胃，抓住男人的胃，才真能抓住男人的心！"

"什么？你说哪里去找会烹饪的保姆？你想把老公的胃放到保姆的手心呢？一个幸福的女人，应该像一个优秀的饲养员。你要首先知道男人的胃是什么背景？四川的辣和湖南的辣不一样，川菜里放花椒。山西的面条和陕西的面条不一样，山西面条粗细长短样式多，陕西荤素酸辣配料花样多。在知其根底基础上，要继续努力，让你的老公特别专一的喜爱你的那种湘菜或鲁菜，就是有鲁菜的源，但只有你的独门风味。万一哪天老公红杏出墙，不过三日，让他的胃告诉他的家在哪里！记好了，管住心难，管住胃不难，管住胃也管住嘴，管住嘴也拴住腿。""当然罗，厨房里有厨房的烦恼，油烟罗，菜刀罗，学会烹饪也非易事。学学当兵的吧，把那萝卜白菜土豆，想成可能出现在你身边的'小三'们，用刀剁它，用铲炒它，用油炸它，消心火，增斗志，长本事，出成绩！"

小莉茅塞顿开。一周后北京各烹饪学校增加了上千学员，一年后北京各饭店公费消费营业额大幅下降,两年后反贪局公布的腐败案发案率下降而且少了"小三"的影子。幸福女孩们的手机上,传送着最新的红段子是:红色菜谱。(以上消息如有误,请按官方公布为准。特此申明,谢谢。)

2010 年 11 月

喝 高 了

这就是喝高了。没错,脸上神光泛出,红霞四散,两眼迷离而温和,话匣子打开,两只手向四方伸展,像那条有名的保罗章鱼,双腿如花样滑冰运动员,灵巧地保持着上身的平稳,让满杯的酒准确地倒进自己的嘴里,然后,围着桌子,一个一个地敬酒。这是重要的境界,喝得醉意朦胧,却还知道要干什么,该说什么。这是进入角色的状态,东歪西斜,却不会倒下更不是一滩稀泥。如果一张酒桌上没有这样一位酒仙,那么,无论桌面上摆着什么样的山珍海味,还是叫吃饭,不叫饭局。吃饭和饭局是不一样的,吃饭是解决肚皮的问题,饭局是解决肚皮之上的问题。有说法,无酒不成席,换个字,无酒设不了局。出资设饭局的,不一定是桌上的主角,能喝得如眼前这一位,才是本场饭局的台柱。在女士的耳朵边说几句暧昧的话,香腮也好,拉皮也罢,都凑上去,吸气还是屏住呼吸只有自己知道,为公为私都没有人多嘴。在首长面前开个小玩笑,显示官兵平等，然后再送上一大号的马屁，拍得如鼓震响，谁都常见得舒坦。平日里的死对头，先紧握手再拥抱，让人一看就是铁哥儿们……换杯交盏，其乐融融，事情最后办得成还是办不成，酒气先活络了人气，在一场本来十分无聊的"应酬"中，让参与者得到一次精神按摩，而按摩师是这位喝高了的酒仙，他的成就感比酒精的度数要高，人生如戏，酒桌上表现欲得到极度的满足，其实也是人生的享受，只是酒量不足的人，是无法领会的。"酒囊饭袋，管不住自己的嘴，还能干啥？"你这样想，就错了。国人重礼，真办成事，八九都在饭局上，不信？你想想，那灯红酒绿的酒楼比写字间都多，茅台的股票比银行都高，没有千千万万个擅长"喝高了"的高手，还能如此繁荣吗？

　　喝高了，不仅是酒席上的风景，就许多艺术家而言，在其喜爱的艺术门内，他追求的那种境界，几乎就是另一种"喝高了"精神状态。诗人常被人说成"疯子"，就是因为有的诗人在现实的生活常态中自己还沉浸在自我的"诗情画意"里；同样地，许多在现实生活里显得木讷笨拙的诗人，在他的作品里却发现他在锦绣文字里长袖善舞神采飞扬！艺术其实就是一杯让灵魂沉醉的美酒，而那些渐入佳境，醉眼微醺，与其喜爱的艺术交杯换盏的艺术家，其情状，可爱可亲可敬甚至有几分可笑，那才真是人生难得几回醉的美事！

喝高了，岂止是艺术家才会有的沉迷？世上有更常见的"喝高了"者，我们用另外的语言来形容和描写其行状。一是沉迷于钱。身上有了钱，为有钱而得意，马上让其四周的人群知道他为什么"高了"，有言道，一阔脸就变，财大气粗，一副暴发户嘴脸。这就是钱在作蛊，钱在他的血液里是高度酒精！二是醉心于权。一个正常而谦和的凡人，一不小心搞到一顶官帽戴在头上，沐冠而舞，颐指气使，自以为是，指鹿为马，横着身子迈八字脚还嫌没摆出他的贵人架子。掌了不大不小的权，连心也变成一块秤砣，权迷了心窍，一开口连人话都不会说了，打着官腔，一看就是官场"喝高了"的主儿！钱权名利，本是无形之物，却似迷魂之酒，让人心迷，让人"喝高了"而无知觉，红尘滚滚，人欲横流，有多少清醒而能自持者？当知名利诱惑之下拷问人性力量何在！

在一场饭局上，虽似"喝高了"却周旋于色香味间，是应酬场上的高手。在艺术世界里，钟情于其中，沉醉于其间，又能超然于其上，是艺术世界里的骄子。让我惊叹的是，在名利场上，真正的高手是旁人看来"喝高了"的某些角色，步态也许如醉拳，却足下有根，脸色酡红如关公，一双眼却清醒如箭,冷冷的看这个不大的世界各色的欲望。

都说是有量,酒之量,肚之量,心之量,何物来量呢?酒量,所度,胸襟,别有洞天,各有各的境界,不同的境界,人生自有迥然不同的风采。

问谁?回答我的是一双含笑的醉眼……

2011 年 1 月

情场之三十而立新论

有个同事,家有千金,从小娇养,不觉快到了三十,仍在过幸福快乐而且美好的小资生活:泡迪厅,逛商店,买燕莎打折的过季名牌。和临时男友全世界旅游,进行一次次的蜜月实习。书包里总是放着王菲的照片和余秋雨教授的正版图书。这种中国新女性的生活方式,头两年让我的同事高兴,认为女儿有教养。再过二年让我的同事骄傲,认为女儿有情趣。又过两年让我的同事犯嘀咕,认为女儿太讲品位了。到这两年让我的同事着急,认为女儿实在像烫手的山芋了。

我劝他:"如今是现代社会,儿女的事情,让儿女们做主,什么样的日子都是过。也许你的女儿过的,正是最现代最女性最完美最自主最无可挑剔的生活!"他恼怒地看了我一眼,看得我汗毛都竖起来,好在有多年交情,他只是说:"你没有一个快三十岁的女儿放在家里。不知道现在的世界,三十而立,立的是一道生死牌!"

听他说得如此严重,不由得放下架子,虚心

地问一句："我怎么没听说，你在哪张报纸上看到的？""这是情场的'潜规则'。"呜呼，我只读过吴学者的讲历史官场的潜规则，怎么又冒出来个情场潜规则？我不做声，摆出愿听教诲的姿式，等待他吐出一声"哎"来！

同事看了我一眼，认真考虑后认为我并非懂了装不懂，便"哎"地一声开讲了：

"三十而立，这是古人讲的，古人都是男权主义，这个而立不是指女人。我就给你讲一讲，三十之后，男人和女人的区别吧，记好了，说得不对，你批。第一，三十岁的男人，能熬到这年头还没有结婚，有大出息，岁数越大，附加值越多，身价越高，身后的姑娘越多。女人过了三十，你就说上天去，对象就是不好找，当然也有，离了婚的，死了老婆的，哪怕那个男人是个大官是个巨商，不就成了二手货了嘛？（我内心批判稿：这是把女人当商品的观念造成的，不成立。）第二，过了三十的男人还独身，其实也没闲着，叫钻石王老五，那是有本事的意思。过了三十的女人还独身，一百个有九十九个说是有毛病，只是不开口当面说。（我内心批判稿，这是世俗观念。当然，大家说起来，常用这种口气另种方式：这姑娘没什么毛病呀，怎么还没对象？唉，习惯势力太可怕。）第三，三十岁的男人犯错误的心理原因是：下一个，肯定比这个好！于是总是向前看，以为最好的在后面。三十岁的女人犯错误的心理原因是：唉呀，当初那一个多好！总是回头看，总是初恋情结，于是越来越对面前的这一个失望。（我内心准备的批判稿：男人多花心，女人重旧情。看来好事变坏事，坏事变好事，老一辈常在搞政治运动时说的道理，在这儿用上了。）第四，三十岁的男人，越有本事，对异性越有吸引力。三十岁的女人，越有本事，异性越是不敢有非分之想，尊严有了，地位有了，爱情却没有了。（我内心准备的批判稿：这都是时尚娱乐节目惹的祸，电视上那些有本事的女人，一般来说顾不上家，顾不上老公。比方说，前些日子，我耐心看完了《国家××》，是因为对××高娃演的检察长十分喜爱，一身正气，无私无畏。只是如果要找这个检察长老婆，恐怕都难有这愿望。公德不等于私情，没办法。）第五，三十岁的男人有了坏念头，就是人们常说的坏男人的三大愿望：升官、发财、死老婆。男人出事，都栽在这三点上。三十岁的女人嫁不出去，也会出现三个坏念头：当研究生、当留学生、当女权主义者。头一条是学校误导，大学生找不到工作，就接着读研究生，读了找不到，接着读。找对象不是找工作，读留学生也等于换个市场。最后找不到了，干脆跟这个男权主义的社会对着干?!（我内心准备的批判稿：他一说女权主义，我所有的想法都没有了，我记得我最近的与女权主义某教授对话的收获，就是不要多嘴。我发言中引用一位女作家的话，说女人与男人有不同的地方，每个月需要几天休息的日子。我没有用"月假"这词，毕竟在会场。我的话音刚落，一位女士就给我一通女权主义的炮击：女人有几天休息？谁给我们休息？中国女人有休息吗？我们不止要休息！我们要这个世界的一半，一半的政府长官，一半的工作权利，一半的家庭权利，所有的一半！我没回答她的挑战，我觉得她完全可以要求一半的世界。只是我想用孙中山先生的话回答她，孙先生说的不是一半，他说：世界上如果没有女人，就失去了百分之五十的真，百分之八十的善，百分之百的美。但我没说，因为孙中山是男人。）老叶啊，你说我将来养个女权主义在家里？唉……"

于是，我听到这里脱口而出："你给你女儿讲，孙中山先生说过，世界上如果没有女人，就失去了百分之五十的真，百分之八十的善，百分之百的美。"同事莫名其妙地看着我："你这是什么药方啊!?"

2011 年 3 月

一棵树,就是一棵树

我说的是一棵树的故事。老段子里讲:"河边有座山,山上有棵树,树旁有个庙,庙里有个老和尚。老和尚在干什么呢,在给小和尚讲故事,故事是,山上有棵树……"这个故事其实挺值得琢磨,是一种轮回与循环的言说,在极短的交代中,展示了最小的世界基本结构,山、河、树、庙、人,水与土,自然与居舍,人神共处。这是最精短的小说,也是最悠长的诗歌。这让我想起一棵树,只是那座山不在河边,而是在湖畔……

湖畔的这座山修起了一座庙。因为山与湖相伴,湖里有山的倒影,湖水也就晨昏色调变化,春秋风情不一,显得格外的灵秀。山因为依偎湖水,云绕雾蒸,风清气爽,也就分外的俊拔。大庙修在这里,如同天造地设,晨钟暮鼓,香火飘缈,来此处进香拜佛的人,个个心里都以为,这山是因了这座庙而幽深隽雅,这湖是因了这座庙而波静浪平。反客为主的庙堂人来人往。庙前新栽的树,是小和尚的功课。小树长得挺拔,觉得能站在这样神圣的地方，正是自己的造化。没有人多看这棵树一眼，因为满山遍野都是树。树也不觉失落，像正在青春期的诗人，总觉得世界是自己的，太阳为自己亮，雨露为自己洒，所有的叶片都洋溢诗情，绿油油地在让阳光来吟诵。啊，一棵树在香火兴旺的庙宇前悄悄地吟诵青春之歌。

由于人们都知道而树不知道的原因，庙宇颓败而荒凉了。没有了香火，也没有了和尚，一群读书的孩子，把这里当做了临时的学堂。不久，孩子们也走了，一把锈迹斑斑的大铁锁挂在庙门前。只有这棵树没走，树没有走的概念，但树知道春去秋来，庙堂前的这棵树还知道世事变迁，人头攒动的时候香火旺，人迹稀少的时候鸟鸣多。树听不懂人说的话，也听不懂鸟鸣声，但分得出人话与鸟语，就正如分得清春风与秋雨。也许树还能知道更多的事情，但树不说话，就像一个思想者，一个会长出绿叶也会落下黄叶的塑像。偶尔有一两个来客，坐在山门外的石阶上，望着这棵树，哎，只有你守着这残庙破院，荒台丛竹雨斑斑，鹧鸪啼，树何不语？这棵树没有回答，但这棵树不知为什么，从这里走了的人，都会梦到它，一棵沉思的树。

突然有一天，这里开始热闹起来，来了一批学者，说这里是文化资源，来了一队工人，将这座小庙"重建"为一座气宇不凡的大庙。一位说话像领导的人，对工地的负责人说：重建的图纸是专家考证过的，这座小庙三百年前曾经是这里最重要的建筑群。现在要按图纸改建复原，能保留的东西不多了。我看山门外的那棵树有年头，一定要保留下来，那棵树是历史岁月的见证，也是这座大庙的证明。否则，别人会说这是在搞假文物。真是领导英明，原先破败的小庙消失了，拔地而起一座气势宏大的大法寺引来游人如织。黄墙青瓦，石栏长廊，全是唐风汉韵，游人纷纷驻足留影。在每一队游客参观的项目中，都必须有一个保留内容，参观山门外这棵树，导游向游客介绍：这是本寺的神树，当年第一位寺庙主持种下了这棵树，这棵树历经岁月沧桑而依然枝繁叶茂，文物考古和建筑学家，就是根据这棵树确定了古寺的年代、寺院的规模以及建筑物的方位等。聚天地精华于一体，将历史现实相联系，请大家抓紧时间，我们在此停留十分钟。这棵树最后就这样成了寺庙的正式成员。这棵树身上挂满了红布条，树下的香炉里插满了香火，像医院里挂着各种药瓶的老前辈。老前辈躺在病床上，不说话，听秘书坐在他身边给他念各种报刊上发表的关于他光辉事迹的文章，一边听一边想：他们说的是我吗？我怎么不记得了，真是老得如此健忘了？

　　这棵树怎么想的呢？（我在离别这棵树四十年后，站在这棵树前，曾经是我学校的小庙已经变成了星级旅游区，我看着这棵树，我想，它曾是我伴读的邻居，这棵树曾经庇荫我的少年时代，我要写写这棵树！）是啊，如果树也会思想，它会怎样想自己的一生呢？

　　"湖畔有座山，山上有棵树……"

2011 年 5 月